D1139857

Douce moitié

Du même auteur

Échecs amoureux et autres niaiseries, Stanké, 2004.

Ça sent la coupe, Stanké, 2004.

Site Internet

www.matthieusimard.com

Matthieu Simard

Douce moitié

demi-roman

Catalogage avant publication de Bibliothèque et Archives Canada
Simard, Matthieu
Douce moitié
ISBN 2-7604-0999-6
I. Titre.
PS8637.I42D68 2005 C843'.6 C2005-940195-8
PS9637.I42D68 2005

Infographie et mise en pages : Composition Monika
Illustration de la couverture : Jimmy Beaulieu
Maquette de la couverture : Christian Campana
Les Éditions internationales Alain Stanké remercient le ministère du Patrimoine canadien, le Conseil des arts du Canada, la Société de développement des entreprises culturelles du Québec (SODEC) et le Programme de crédit d'impôt du gouvernement du Québec du soutien accordé à son programme de publication.

Les Éditions internationales Alain Stanké
7, chemin Bates
Outremont (Québec) H2V 4V7
Tél. : (514) 396-5151
Téléc. : (514) 396-0440
editions@stanke.com

Stanké international, Paris
Tél. : 01.40.26.33.60
Téléc. : 01.40.26.33.60

Dépôt légal :
1er trimestre 2005
ISBN 2-7604-0999-6
Diffusion au Canada : Québec-Livres
Diffusion hors Canada : Vivendi (VUP'S)

À Stéphanie

Je ne fais rien à moitié. Vous allez voir.

• • •

Un jeudi soir d'automne, dans le salon, le plancher est sale, la vie est belle, belle et ordinaire. Je suis debout depuis cinq minutes, en train de chercher ce que je voulais faire cinq minutes plus tôt. Assise sur le sofa, Julie me regarde avec des yeux bioniques.

— Tu me caches, Matthieu.

— Scuse.

— Ben, tasse-toi. Je peux pas voir la télé à travers ton chandail.

— Non, je sais, mais je cherche ce que je voulais faire.

— Ben va chercher ailleurs, mon amour.

— Où, mettons ?

— J'sais pas. En dessous du frigo ?

Et comme toujours, elle avait raison. En me penchant pour regarder sous le frigo, j'ai senti un pincement dans le bas de mon dos, et c'était ça que je voulais faire : je voulais prendre une Advil pour soulager mes maux de dos. Et en plus, sous le frigo, j'ai trouvé la liste d'épicerie d'il y a deux mois, qui avait glissé là swish, sans que personne ne le remarque.

— On avait-tu acheté des cornichons sucrés, finalement, chérie ?

— Quoi ?

— Des petits cornichons sucrés ?

— Quand ça ?

— Je sais pas. Y'a deux mois, genre.

— Ça doit pas.

— C'est à cause de tes aimants, ça.

— Qu'est-ce qu'y'ont, mes aimants ?

— Ben. Sont ben cutes, là, mais ils collent pas ben ben...

— Oui mais y sont en forme de tomate.

— Oui, je sais, c'est des tomates.

— C'est cute, des tomates.

J'ai pris une Advil, avec du jus d'orange. Quand j'ai refermé la porte du frigo, une tomate est tombée par terre. Quand je me suis penché pour la ramasser, j'ai eu mal au dos. C'est un cercle, on était revenu au début.

— On est revenu au début.

— De quoi tu parles ?

— De rien.

— Ben parle pas, d'abord, j'essaie d'écouter la télé.

— Je m'excuse, ma belle. Qu'est-ce que tu regardes ?

— Une émission.

— Ah, O.K.

• • •

Julie. Amour de ma vie, inspiration quotidienne, nounoune amusée, lumière amusante. La pureté simplifiée, la petite pitoune cute qui fait rêver, juste assez drôle pour me faire rire, juste assez niaiseuse pour rire de mes *jokes*. Et assez lumineuse pour rire de moi quand c'est le temps. Et comme c'est toujours le temps, elle irradie.

— T'es irradieuse, Ju.

— Ça se dit pas, ça.

— Ça se dit pas ?

— Non.

— C'est poche.

— Ben non, c'pas poche, c'est juste ça.

— Oui mais moi je voulais te faire un compliment.

— Ben trouve un mot qui se dit.

— T'es raviolante.

— Nono.

Je me suis assis à côté d'elle, devant la télé à émissions, et elle s'est collée contre moi, comme un réflexe, réflexe gentil, douceur irradieuse.

Au bout d'une heure, elle avait mal au cou, je suis osseux. Elle s'est relevée d'un pouce ou deux, et d'un coin d'œil j'ai vu le coin du sien, avec tout le sérieux qu'il transportait, et j'ai eu un peu peur. Une fraction de frisson qui a traversé mes os, je suis osseux, vraiment. C'est niaiseux, la vie et les angoisses, les habitudes qu'on contourne, ça fait peur. Je m'attendais à une caresse, j'ai eu un coin d'œil sérieux, j'ai un peu *freaké*, sans raison, vraiment, juste un frisson.

— Matthieu, faut que je te parle.

Shit. Matthieu, faut que je te parle, c'est jamais bon. Sauf quand on s'appelle pas Matthieu, mais c'est pas mon cas. Alors *shit*.

— Ça peut pas attendre ? Je regarde la télé, là.

— C'est une annonce.

— Oui mais je l'aime, cette annonce-là.

— C'est une annonce de Canadian Tire.

— Oui mais on en a peut-être besoin, d'une gugusse solaire pour que l'auto parte cet hiver...

— Bon, qu'est-ce qu'y'a, là ?

— Je suis inquiet pour notre char.

— T'es nono. Pis en plus, c'est pas notre char, c'est ton char.

Reshit. Hier encore, c'était notre char. Là, c'était rendu mon char.

— C'est rendu mon char, là ?

— Pourquoi t'es sur la défensive de même ?

— Ben... T'sais... Tu viens de me dire qu'il faut que tu me parles.

— Pis ça t'inquiète ?

— Oui, ça m'inquiète.

— Autant que ton char ?

— Un peu plus, même...

— Arrête d'être niaiseux, là. Inquiète-toi pas, c'est rien de grave. J'ai juste un petit quelque chose à te demander.

Les filles, maudites machines du diable, c'est dur à comprendre. J'étais rassuré un peu, mais pas tant que ça. Demi-soulagé. Elle avait un petit quelque chose à me demander, un petit quelque chose, c'est toujours relatif. Quand c'est « as-tu lavé le bain hier soir après ton bain ? », ou « me donnerais-tu un Kleenex ? », c'est petit pour vrai. Mais ça peut être « tu m'aimes-tu ? » Quand c'est « tu m'aimes-tu ? », c'est petit gros.

— Qu'est-ce que tu veux me demander, Ju ?

— Tu m'aimes-tu ?

Petit gros.

•••

Il faut répondre oui, toujours, et accompagner ça d'un beau gros bec sincère, faux-sincère à la limite.

Surtout, il ne faut pas se poser la question.

Mais moi, je suis épais. Alors je me suis mis à me poser la question. Julie, amour de ma vie, est-ce que je t'aime ?

Et, soudain, le sentiment que j'ai passé les quatre dernières années de ma vie à me le demander. Et chaque fois, la même réponse, et le même chemin pour m'y rendre, des bouts de vie qui émergent.

Depuis qu'on est ensemble, Julie, le soir, pour m'endormir, je pense à toi. Avec les autres filles, avant, c'était pas comme ça. Avant, avec les autres, je m'inventais des histoires, des histoires de pitounes dont je sauvais la vie, des histoires de super-héros, ça me faisait du bien, ça m'endormait. Depuis que c'est avec ta chaleur que je m'endors, je n'ai plus besoin des autres pitounes, plus besoin de me sentir fort et doux et bon et super-héros. Juste besoin de me sentir moi, et je m'endors. Avec toi dans les yeux, avec ta peau sous mes mains, c'est tout ce qui me faut, je t'aime.

Oui, je t'aime, Ju.

• • •

Mais je ne lui dirai pas tout de suite. Quand même. Faut bien s'amuser un peu.

— Pourquoi tu me demandes ça, ma belle ?

— Pour savoir.

— Tu penses que je t'aime pas ?

— C'est pas ça que j'ai dit... Je veux juste savoir.

— O.K. Pis si je te réponds, t'as-tu une sous-question ?

— Ça dépend.

— Ça dépend de quoi ?

— Ben, de ta réponse.

— Faque je suis mieux de pas répondre...

Faut bien s'amuser un peu. Surtout quand elle essaie d'être sérieuse.

— Niaise-moi pas, s'il te plaît, j'essaie d'être sérieuse.

— Oui, je sais.

— Faque, tu m'aimes-tu ?

— Autant que les petits cornichons sucrés.

— T'es épais.

— Ben quoi, c'est vrai.

On a arrêté de se parler, une pause dans la niaiserie, comme une image qui s'éteint, un sourire qui s'estompe, elle était tannée que je niaise. Elle est allée aux toilettes. J'ai regardé ses fesses quand elle s'éloignait du sofa, elles étaient belles. Quand elle est revenue, je lui ai demandé si ça avait bien été. Elle a pas ri. Le petit moment bizarre pendant lequel t'es pas sûr si t'es dans la marde ou pas. Si elle est en crisse ou pas. Le moment où tu fais une *joke*, et tu sais pas si le pas-de-rire vient de ta platitude, ou d'un sentiment plus profond.

Et après le moment bizarre, quinze minutes, comme une pause dans le salon, intermède de nuages blancs qui ne ressemblent à rien de précis, juste des nuages blancs niaiseux. Quinze minutes de silence vide.

Silence à regarder la télé, pleine d'émissions et d'annonces et de beau monde, des gars musclés, des filles courbées, des corps étincelants, du rose croquant, de la peau léchable. On perd la réalité, avec la télé, je perds la réalité, c'est une bulle solide, des murs magiques. Un refuge, le silence comme une oasis, le simili-paradis qui met ma tête à *off*, mes yeux à *on*, ma bouche à *mute*, mon cœur à pause et ma vie au ralenti.

Quand il y a la télé, je ne veux pas trop me réveiller. C'est toujours là que Julie me réveille.

— Les petits cornichons sucrés, là ?

— Oui, ma belle ?

— Tu les aimes comment ?

— Je les aime plus que tout au monde.

— Pour vrai ?

— Oui, pour vrai.

Elle m'a collé, colle chaude, m'a embrassé dans le cou. J'étais rassuré, le pas-de-rire de tantôt ne venait pas d'une rancœur profonde.

Après, le retour à la réalité, celle de la télé. La télé-réalité. Pour moi, c'est Ju et moi dans le sofa à écouter rien du tout ou quelque chose, c'est pas important, c'est ma télé-réalité à moi. Et le retour des conversations vides.

— Matthieu ?

— Oui ?

— Tu mesures combien ?

— Je sais pas, 5 pieds 11...

— T'es plus petit que ça.

— Non.

— Oui, t'es plus petit que ça.

— Si tu le dis. Pourquoi tu veux savoir ça ?

— Pour rien. Juste pour te dire que t'es petit.

— J'suis pas petit.

— Oui t'es petit.

Conversations vides, c'est souvent le cas avec Julie, ça fait partie de nos jeudis soirs, et de nos autres soirs aussi. Conversations sourires, sans rien d'autre que des sourires au bout du compte, rarement la guerre, rarement les voix qui montent.

Julie, elle est belle. Quand elle me dit du vide, quand elle me raconte des n'importe quoi, je la regarde dans les yeux, et je la trouve tellement belle. Lumineuse, chaque fois, lumineuse, c'est mon soleil. Ma Julie-Soleil à moi, je pourrais bien mesurer 2 pieds 4, être un flamant rose, si je la regarde dans les yeux, je suis ennuagé autour des pieds.

Ça donne presque le goût de mourir, trouver le paradis si beau.

•••

Il y a eu des annonces, encore, il y a toujours des annonces. J'ai senti le coup de vent, et la sous-question qui venait avec.

— Si tu m'aimes autant que tu dis, là...

— Oui ?

Un peu de crainte.

— ...

— ...

Un peu de silence.

— Si tu m'aimes autant que tu dis, tu penses-tu qu'on va passer le reste de notre vie ensemble ?

— Euh...

Un peu de confusion.

— Quoi, euh ?

— Ben, je sais pas, c'est une drôle de question.

— Non, c'est pas une drôle de question.

— Ben. Je sais pas, j'imagine que oui. Pourquoi pas ? Toi qu'est-ce que t'en penses ?

Un peu de défensive.

— Moi, je vois pas pourquoi on passerait pas notre vie ensemble.

— Ben moi non plus, d'abord.

Passer ma vie avec la même fille, je ne sais pas. J'ai dit oui, par prudence, pour éviter le débat, j'ai dit oui pour me sauver en courant pendant des kilomètres. Mais je ne sais pas. Pour être honnête, je ne sais pas. La dernière fois que j'ai dit à une fille que je passerais le reste de ma vie avec elle, c'était Annie, et je me suis tanné au bout de six mois, et je l'ai laissée devant la caisse au McDo, devant un MacPoulet qu'elle n'a même pas mangé. Et la fois d'avant, c'était Marie-Noëlle. Oui oui, le reste de notre vie. Deux semaines plus tard, elle me quittait après une baise ordinaire, parce que la passion n'y était plus, et j'étais presque content.

Alors oui, Julie, le reste de notre vie, si ça peut te faire plaisir, mais non, je ne sais pas.

— Oui, Ju. Oui. Le reste de notre vie.

— Pour vrai ?

— Oui, pour vrai.

Elle m'a embrassé, encore, lèvres chaudes, mioum. Mais tout de suite, la sous-sous-question.

— Pourquoi tu me demanderais pas en mariage ?

• • •

Et voilà.

C'est la raison de ce livre. Le point de départ de ma confidence. La source de ma réflexion.

La demande de demande.

Julie qui me demande de la demander en mariage. Je fais quoi ? Vous feriez quoi, vous ?

Moi, j'ai ri nerveusement, j'ai changé de poste, j'ai trouvé un documentaire sur les loutres, et j'ai fait semblant que ça m'intéressait. Je n'ai pas répondu, elle a dû se dire que je pensais qu'elle niaisait. Mais je sais que non. Je la connais, Julie, elle ne niaise pas avec ces choses-là.

La demande de demande. Pas de quoi niaiser. Le début d'une réflexion. Moi qui n'aime pas réfléchir.

• • •

Baiser les yeux fermés, comme pour oublier qu'on est deux, comme pour oublier qu'on est en vie. Baiser les yeux fermés, parce que le noir de la nuit n'est jamais assez noir, parce que les ombres font peur. Parce que dans mes yeux, Julie pourrait voir les questions. Les pensées sombres, la grisaille d'un soir d'automne qui s'endort. Dehors, il y a un couple qui rit, rire nerveux, couple nouveau. Ils sont heureux, se découvrent. Ils vivent sans points d'interrogation. Juste des points d'exclamation, c'est comme ça au début, ça courbe après quelques mois.

Baiser les yeux fermés, avec l'amour de ma vie, plein de questions derrière les paupières. Baiser en pensant à autre chose, pas pour toffer plus longtemps, pas pour être certain que Julie vienne avant moi. Juste pour comprendre, juste par préoccupation. Pour les questions.

Baiser en pensant au mariage, je sais pas comment je fais pour rester bandé. Baiser mécaniquement, sous les miaulements de Julie, me demander si je veux passer le reste de ma vie avec elle. Me demander si je l'aime.

Je fais l'amour en me demandant si je l'aime. C'est con, non ?

— Regarde-moi, Matthieu...

— Mmm ?

Elle m'a sorti de ma torpeur, en pleine baise. Je l'ai regardée, vite, à travers les ombres, puis j'ai mis mon visage à côté du sien, pour qu'elle ne puisse pas voir que je refermais mes yeux. Retour aux questionnements. Julie, amour de ma vie, est-ce que je t'aime ?

Et un autre bout de vie, et toujours la même réponse.

Quand j'étais petit, et que ma mère me parlait du jour où j'aurais une blonde, ça me gênait, et je me mettais à penser à ce que ça serait. Douceur peut-être, aucune idée dans le fond. Je voyais une belle blonde, des yeux éclatants, un sourire, des mains se promenant dans mon dos, des frissons. Les mêmes frissons que maintenant quand tes mains se promènent dans mon dos, ma belle blonde aux yeux éclatants. Oui, je t'aime, Ju. Toi et ton sourire, je vous aime.

• • •

Trois petits points noirs, des *bullets*, comme un *gun* sur ma tempe, comme le souvenir du danger, l'idée de chérir la vie, pour pouvoir raconter cette histoire, l'histoire de ma Julie-Soleil qui me réchauffe, l'histoire classique du gars en amour.

• • •

— Es-tu venu, mon amour ?

— Euh, oui oui.

Je n'étais pas venu. Je suis un gars qui fake. Quand il y a trop d'idées dans ma tête, je ne viens pas. Ce soir, j'ai faké. Julie s'est endormie. Je nous soupçonne d'être à l'envers, elle le gars et moi la fille, dans le sitcom de mon appart. Notre appart, pardon.

Pendant qu'elle dormait, moi, j'étais occupé à ne pas dormir. Tortillements éternels, à force de bouger j'avais des éraflures sur les coudes, draps en flanelle, jaune-blanc, avec des flocons bleus. Je me suis levé pour aller chercher un verre d'eau. Il n'y avait plus de verre propre. J'ai bu du robinet, l'eau goûte toujours un peu plus le métal, c'est à cause des yeux, les yeux qui voient les tuyaux.

Le goût de métal m'a fait penser à la bague. Si je veux la demander en mariage, il faut une bague. J'ai de l'argent pour ça, moi? J'ai de l'argent pour un bout de métal rond, avec une roche collée dessus? J'ai de l'argent tout court?

Note: demain, appeler la banque.

Maudite eau sale, elle me fait halluciner. Tout nu dans la cuisine, voilà que je pense à une bague. Robinet rouillé.

•••

Voir le jour se lever, c'est toujours bleu. Bleu partout, dans les yeux comme dans la vie, une tristesse qui s'insinue, la fin d'une nuit blanche, matin bleu.

J'ai réfléchi toute la nuit, en regardant les minutes rouges défiler sur mon réveille-matin, les chiffres rouges qui changent, les équations des heures, aussi. Quand il est 3 h 26, ça fait 3 X 2 = 6. Toute la nuit comme ça, à additionner, soustraire, multiplier et diviser.

Et le matin bleu, à quelques secondes de m'endormir, je me suis dit que oui. Oui, je vais la demander en mariage. Oui, je veux passer le reste de ma vie avec mon soleil, mes rayons de confort, la chaleur.

Mais pas tout de suite. Je ne me lancerai pas à genoux devant elle tout de suite. Parce que si c'est tout de suite, j'ai l'air soumis. J'ai l'air de faire ce qu'elle me dit de faire. Je vais attendre au printemps, quelques mois pour qu'elle n'y pense plus trop, quelques mois pour qu'elle puisse être surprise, pour que j'aie l'air plein d'initiative. Beau plan, non ?

Quel plan ?

Fuck, ça me prend un plan.

Parce que je suis moi. Un auteur qui travaille en publicité, ça ne demande pas sa blonde en mariage avec une bague et une rose. Ça fait un concept. Ça fait les choses en grand. Ça voudrait tellement être flyé. C'est niaiseux.

Alors je vais faire les choses en grand. En gros. En couleur. Je vais la surprendre, l'éblouir, l'époustoufler et la séduire, tout ça dans la même soirée. Moi qui suis d'ordinaire si ordinaire. Ça me prend un plan. *Fuck.*

Les gars, on brainstorme-tu ? Les gars ?

•••

Non, je niaise, c'est pas le genre de choses que je veux dire aux amis. Je sais pas pourquoi, le sentiment que j'ai peur de faire rire de moi, le sentiment que les gens vont essayer de me faire changer d'idée, que ma décision n'est pas si solide. Peur de la fragilité, garder ça pour moi, c'est ça, je vais garder ça pour moi, comme un beau secret, pour être sûr que rien ne change. Et au printemps, pataclow, la surprise pour tout le monde, pour Julie surtout.

Je vais être obligé de brainstormer avec moi-même.

Il me faut une idée. Et une bague. L'argent pour l'anneau, le cerveau pour le concept. *Brains and Birks*. Pas facile. Mais j'ai confiance, je suis quand même pas le plus nono.

— À quoi tu penses, Matthieu ?

— À rien.

— As-tu bien dormi, mon beau ?

— Bof. J'ai passé la nuit à me retourner.

— Moi j'ai super bien dormi.

— C’est parce qu’à force de me retourner, je faisais de la chaleur, et ça te tenait confortable.

— Nono.

— C’est vrai.

Julie, le matin bleu, elle est de bonne humeur. Orange lumière. Toujours de bonne humeur, comme si la veille n’existait pas. Si je veux m’engueuler avec elle, je le fais quelques minutes avant qu’elle s’endorme. Le lendemain, c’est comme si on ne s’était jamais parlé. Comme si elle me rencontrait pour la première fois, comme ça, dans son lit.

Le jour de la marmotte, ma petite Julie-Marmotte.

— As-tu vu ton ombre, ma belle ?

— Quoi ?

— Ton ombre ?

— Quoi, mon ombre ? Qu'est-ce qu'elle a, mon ombre ?

— Non, rien, laisse faire.

• • •

Je vous raconte une petite histoire d'amour quétaine. Ça vous dérange ? L'histoire d'un gars qui trippe sur sa blonde, et qui veut la demander en mariage. Ça s'appelle *Douce moitié*.

• • •

La motivation de la motivation.

L'impression qu'il faut que je me justifie. L'impression que ce n'est pas moi, pas mon genre d'histoire, pas mon genre de sentiment. L'impression que je dois vous dire qu'il n'y a pas que ça. Qu'au fond de moi, j'ai une raison, une motivation, au fond de moi une pulsion qui me force à vous raconter une belle histoire, avec de l'amour, des sourires, de la bonne humeur, du Alexandre Jardin.

Fuck. Je peux pas croire. Je suis devenu Alexandre Jardin.

Un crisse de ti-livre cute, un livre d'amour, avec plein de niaiseries d'amoureux. J'ai mal au cœur.

Je t'aiiiiiiiiiiiime. Tu es la femme de ma viiiiiiie. Tuez-moi, quelqu'un. Non, sérieux, tuez-moi.

Ben non, je niaise. Je suis pas devenu Alexandre Jardin. Mais je me disais que ça pouvait peut-être sonner comme ça, ce petit roman, comme une ode à l'amour. C'est pour ça que j'ai envie de vous dire la vérité. Pour que vous sachiez que c'est pas juste du bla bla, mon amour, bla bla, je t'aiiiiiime. Qu'il y a une raison. Un témoignage à faire. Une tristesse qui motive, une douleur qui *drive*.

Et c'est ça.

•••

La motivation elle-même.

Il faut bien qu'il y ait quelque chose de bien. Un jour, quelque chose de bien, de moi, des autres, quelque part.

C'est ce que je me suis dit en regardant la télé, l'autre fois, un jour triste de septembre où tout était négatif dans mon écran, où j'avais de la peine pour le monde. J'oscillais entre un documentaire sur le 11 septembre et les nouvelles, nouvelles atroces de cette prise d'otages dans une école de Russie, 335 morts, 700 blessés. Toute cette douleur devant mes yeux, il faut bien qu'il y ait quelque chose de bien, un jour, quelque part. L'amour, pourquoi pas, il faut bien montrer qu'on s'aime encore un peu. Alors oui, Julie, oui je veux bien te demander de m'épouser. Je veux montrer au monde qu'il y a encore un peu de positif dans le coin d'une petite ville, dans le coin d'un cœur détruit à force de voir la souffrance.

Oui, je le veux.

Comme ils disent.

L'impression que nulle part, plus jamais, quelqu'un va pouvoir penser que la planète est belle dans toute sa grosseur. L'impression que le monde est éternellement ordinaire, malheureux peut-être, cruel absolument.

L'impression que si, à grande échelle, rien ne paraît beau, il faut faire quelque chose à petite échelle. Dans le quotidien, dans un mètre cube, commencer petit, trouver des belles choses autour de soi, et les montrer à ceux qui nous touchent, à ceux qui nous touchent physiquement.

Le monde n'est pas beau. Mon monde, par contre, c'est une autre histoire. Débuter par ça, montrer que je t'aime, Julie, montrer au mètre cube qui m'entoure que tu es la femme de ma vie, et que le monde, le petit monde qui me touche, est crissement beau. C'est un début, peut-être une fin, c'est une motivation. C'est la raison d'écrire, aussi.

Raconter mon bonheur, pour le *clash* avec tout le reste, pour me battre contre *Le Téléjournal* et ses horreurs internationales, contre *Le Grand Journal* et ses horreurs locales. Raconter mon bonheur, parce qu'il faut bien qu'il y ait quelque chose de bien.

•••

C'est pour ça que je vous raconte une petite histoire d'amour quétaine. Ça vous dérange ?

Chapitre 1

Une nuit blanche, ça aiguise les sens. Ça amplifie les petits bruits qui dérangent, les petits frissons de stress, les petites peurs qui s'allument quand le soleil se lève. J'ai pas dormi de la nuit. J'ai rêvé que je dormais, c'est à peu près tout. Rêvé que je rêvais à des belles choses, des beaux gestes, du bonheur en couleur, avec des inconnues qui me caressaient. Je me suis retourné 1 700 fois, il n'y avait pas assez de côtés sur mon corps pour que je puisse trouver le bon, celui qui respirerait le confort et me forcerait à dormir. Pas de bon côté, et j'ai eu froid, les pieds gelés. Avec les pieds gelés, pas moyen de dormir.

Quand je me suis levé ce matin, avec une tonne d'idées en tête, une tonne de questions, j'ai quand même souri. Sourire nerveux, bonheur mitigé. Le jour J, J pour Julie. Ce jour de printemps, on est vendredi, il fait soleil.

C'est aujourd'hui que je demande Julie en mariage.

• • •

J'ai les sens tout aiguisés. La vue tranchante, le toucher coupant, l'ouïe déchirée, trop affûtée, ça déchire. Il y a un toc toc, ou un tac tac, dans la roue avant gauche de mon auto, peut-être la suspension, dur à dire. C'est un nouveau bruit, inquiétant pas tant que ça, mais nouveau quand même. Peut-être mon imagination, peut-être la nuit blanche qui résonne dans mes oreilles. Normalement, ça m'énerverait. Mais aujourd'hui, avec la nervosité, avec les préoccupations, je préfère oublier que j'entends quelque chose de laid. Je mets quelque chose de beau dans les haut-parleurs de l'auto, sur l'autoroute Côte-de-Liesse, quelque chose de beau, très fort pour ne rien entendre d'autre.

Vincent Vallières chante *Blues Baby* dans mes oreilles pleines de tambours et d'enclumes, je m'en vais à Dorval chercher ma douce.

«*Blues baby blues*, à transcender l'espace, et oublier le temps

Se perdre dans le *groove, baby blues*, longtemps longtemps

T'es comme de la muse, *baby blues*

Ça sera jamais trop fort, pis ça sera jamais mort

Pis on va tripper encore, encore »

Julie, tu veux être ma *baby blues* ?

• • •

— Vas-tu venir me chercher à l'aéroport quand je vais revenir ?

— Tu reviens quand ?

— Vendredi après-midi.

— Ben là. Je travaille, moi, vendredi.

— Tu pourrais prendre congé.

— Juste pour aller te chercher ? Non, j'pense pas. Tu prendras un taxi.

Ça faisait partie du plan. Être bête avec elle, pour qu'elle ne se doute pas que je l'aime tellement. Être bête pour qu'elle oublie que j'existe dans sa vie avec autant de ferveur, avec autant de oui dans la bouche, et aussi peu de non. Du non le moins possible, parce que je veux lui plaire, toujours. Du oui tout le temps, quand je peux, quand c'est logique, parce que le oui la fait sourire, et que son sourire est la plus belle chose sur la planète, plus belle que tous les tableaux du monde réunis.

Mais avant qu'elle parte pour Toronto, pour cette semaine de meetings plates avec des gens d'affaires plates, un peu de non, juste pour la dégonfler, juste pour qu'elle doute un peu de mon oui éternel.

— Qu'est-ce que t'as, toi ? T'es ben bête...

— Non, je suis pas bête.

— Oui, t'es bête.

— J'suis pas bête. Mais t'sais, je vois pas pourquoi je prendrais congé juste pour ça...

— Ben... On se verra pas pendant une semaine, pis tu le sais comment j'aime pas ça, Toronto. Ça m'aurait fait du bien de te voir tout de suite en débarquant de l'avion.

Oui, je le sais. Mais je ne pouvais pas lui dire. Pour la surprise. Pour la soirée spéciale. Pour que tout soit spécial dès la phase 1 du plan. Aller la chercher à l'aéroport, la surprendre là, juste par ma présence, et après, passer la soirée à la gâter, une chasse au trésor vers la bague, sans qu'elle ne se doute de quoi que ce soit.

Winner, non ?

Bah. Je sais, c'est pas si fantastique, mais dans ma tête de gars ordinaire, tellement toujours ordinaire, c'était son paradis à elle que j'allais construire tranquillement, jusqu'à la fin de la soirée. Et elle n'aurait pas le choix de me dire, avec son sourire d'œuvre d'art, le plus beau oui de l'histoire.

Dis-moi oui, ma petite Julie-Sourire.

Dis-moi oui, sauf que je ne sais pas si c'est ça qu'elle va faire. Et voilà le premier stress, la première raison de ma nuit blanche. Le quart de la nuit, une seule question, à répétition. Si elle dit non, qu'est-ce qui arrive ?

Et les autres stress qui suivent, les autres raisons. Et si elle a rencontré un gars fantastique dans l'avion, et si elle a décidé de rester habiter à Toronto, et si elle m'a oublié, et si elle est déçue de la bague, et si elle est déçue de mon plan. Plein de stress, au pluriel, ça fait des stresss, trois quarts de nuit de stresss, les pieds gelés.

Et le toc toc en avant à gauche, tac tac, c'est pas le moment. Crisse de char, Vincent, tu peux chanter plus fort ?

• • •

Hier, j'ai mis mes pneus d'été. Parce qu'avec mes pneus d'été, il y a mes belles roues argent, pas les roues noires laides qui viennent avec les pneus d'hiver. Je voulais que mon auto soit belle aujourd'hui. Pour Julie, pour flasher avec Julie, pour qu'elle flashe avec moi.

J'ai mis mes pneus d'été, avec les belles roues, pour faire plaisir à Julie. Elle va s'en crisser.

• • •

— Wow, t'as mis tes belles roues d'été !

Non, je niaise, elle a pas dit ça. En fait, elle a rien dit du tout, pour l'instant. Elle était supposée arriver à 14 h, mais elle est en retard. En très retard, même. Il est 17 h 13, et elle n'est toujours pas là.

Alors j'attends.

L'attente, ça stimule les angoisses. Le temps ralentit. C'est laid, Dorval. Trois heures treize de laid, et elle n'est pas encore arrivée, trois heures treize comme des journées, des semaines, le temps qui ralentit, les gens qui passent devant moi sans me voir. Ça tombe bien, je n'ai pas trop envie de les voir moi non plus.

J'ai les angoisses toutes stimulées.

Sur un siège de plastique jaune d'aéroport gris, j'attends, en nourrissant mes angoisses de questions niaiseuses. Inquiétudes irrationnelles, après tout, c'est elle qui m'a demandé de lui demander de m'épouser. Mais quand même. Une vie remplie d'échecs, pourquoi aujourd'hui tout irait bien ?

Je suis au beau milieu des mêmes questions, toujours les mêmes questions, et c'est là qu'une vieille madame vient s'asseoir à côté de moi. Elle a frôlé mon épaule et m'a avancé un petit sourire discret, juste un peu de politesse, ça fait moins gris.

Normalement, ça m'aurait dérangé. Je n'aime pas trop le monde, encore moins les vieux. Ils racontent toujours leur vie plate, leur vie longue, interminable histoire, parce qu'ils cherchent des oreilles pour l'attention, l'affection, ce qu'ils n'ont pas, ce qu'ils n'ont plus. Les vieux qui parlent comme s'ils te connaissaient, comme s'ils étaient à toi, tu n'oses pas les interrompre pour crisser ton camp. Tu n'oses pas les laisser en plein milieu d'une phrase. Parce que les vieux qui racontent des histoires, c'est comme une

Vous voyez, ça ne se fait pas. Pauvres vieux, c'est pour ça que je les écoute sans arrêt, c'est pour ça que je ne les aime pas.

Mais là, aujourd'hui, cette vieille madame, avec son mini sourire et ses cheveux argent, je ne sais pas, elle m'a apaisé. C'est le frôlement, je crois, une touche de toucher apaisant.

Une vieille madame pas comme les autres, discrète et silencieuse, beaucoup de classe, délicate ; je la soupçonne de s'appeler Rose. Le genre de vieille madame qui inspire confiance, qui m'attendrit, je deviens tout mou. Pas comme les vieux qui te racontent leur vie sans intérêt, mille fois, tu es leur bouée, ils s'agrippent et font des nœuds. Pas comme ça.

Ma Rose, elle, m'attendrit. Elle est comme je voudrais être dans 50 ans. Rose, je veux m'appeler Rose.

C'est mon stress qui me brasse, mes angoisses qui me *drivent*. Je ne parle pas aux inconnus, d'ordinaire, encore moins aux vieux, mais là c'est moi qui engage la conversation.

— Bonjour madame.

Elle m'a regardé dans les yeux doucement, j'ai baissé le regard. Elle m'intimidait, c'est bizarre, toute cette dignité dans un si petit corps. Ses mains étaient fripées, avec l'âge on devient du papier, un si petit corps en papier. Je me souviens m'être dit ça en une fraction de temps, avant qu'elle me réponde.

— Tu attends ta petite amie ?

La voix fripée, aussi. Quatre-vingts ans, ça froisse de l'intérieur, aussi.

— Euh... Oui.

— Ça fait longtemps que tu attends ?

— Trois heures.

— Comment elle s'appelle, ta petite amie ?

— Julie.

— J'ai une nièce qui s'appelle Julie.

Les vieux connaissent tout le temps quelqu'un qui porte le même nom que quelqu'un d'autre. C'est leur point de départ, le *kick-start* de leurs histoires plates. Mais pas Rose.

— Ah oui ? Elle a quel âge, votre nièce ?

— Je sais pas. Je l'aime pas, elle m'envoie jamais de carte à Noël.

— Ah ?

— Ça fait longtemps que tu la fréquentes, ta Julie ?

— Euh, oui.

— Combien de temps ?

— Euh, *on and off*, quatre ans.

— C'est quoi, ça, *on and off*?

— Euh, ben, intermittent.

— Intermittent ?

— Oui, intermittent.

— Comme les essuie-glaces ?

Oui, comme les essuie-glaces. Il y a toujours eu quelques gouttes de pluie dans ma vie, avec Julie. Jamais le plein soleil, jamais l'orage de juillet non plus. Toujours humide, ça marche, mais pas toujours fort. Ça dégouline un peu tout le temps. Des fois, ça marche moins que d'autres, des fois ça *wipe*, des fois ça *wipe* pas. Des creux de vague, on se laisse pour des niaiseries, on reprend pour les mêmes raisons. Inséparables à long terme, séparables au quotidien. On ne peut pas se passer de l'autre, c'est ce qu'on a conclu l'an dernier, mais des fois, on aimerait ça, pouvoir. Surtout au début, il y a quatre ans, ça allait un peu tout croche, un genre de faux départ, et ça nous a pris trois ans avant de rouler *smooth*. Mais là ça roule *smooth*, depuis un an ça roule *smooth*, je t'aime, Ju, malgré tous les nids-de-poule, je t'aime.

Et je t'attends à l'aéroport, avec une Rose à mes côtés, une Rose pleine de points d'interrogation.

— Là, c'est *on* ou c'est *off*?

— C'est *on*. C'est très *on*, même.

— Comment ça, très *on* ?

— Je vais la demander en mariage, ce soir.

— Oh.

Petit geste de recul, le coude de Rose a laissé le mien. C'était un oh négatif, un oh sombre.

— Qu'est-ce qu'il y a ?

— Tu vas la demander en mariage ?

— Oui. Ce soir.

— Fais pas ça.

— Non ?

— Non. Fais pas ça.

— Pourquoi ?

Bizarre.

— Parce qu'elle t'aime pas, ta Julie.

— Elle m'aime pas ?

— Non, elle t'aime pas.

— Comment vous savez ça, vous ?

— Je vois ces choses-là.

— Vous voyez ces choses-là ?

J'étais en mode répétition.

— Oui, je vois ces choses-là.

— Mais vous la connaissez même pas, ma Julie.

— Une petite blonde avec un beau sourire ?

— Euh...

— Elle fait des bonnes fellations ?

— Quoi ?

— Elle suce bien ?

— Quoi ?

À 80 ans, on ne devrait pas avoir le droit de parler de fellation.

— Elle suce bien ?

— Euh, oui, j'imagine.

— Tu le sais pas ?

— Ben, oui, mais je sais pas si je veux vous en parler.

Ma Rose digne et douce et discrète qui parle de cul à Dorval. Je ne comprends plus rien.

— Une fois mariée, elle te sucera plus.

— Elle me sucera plus ?

— Non. Pis elle va grossir. T'aimes ça, les grosses ?

— Ben, j'sais pas, là.

— Non, t'aimes pas ça.

— J'aime pas ça ?

— Non, t'aimes pas ça.

Je commençais à avoir peur, un peu. Elle devenait agressive, je ne savais plus où regarder.

— Marie-la pas. Elle est pas pour toi.

— Non ?

— Non. C'est une folle.

— Ben là...

J'étais un peu insulté, beaucoup confus. Je me suis levé. Maudits vieux, je vous avais dit que j'aimais pas ça, les vieux.

— Vous êtes pas gentille, Rose.

— Je m'appelle même pas Rose.

Je suis sorti dehors prendre l'air, laisser tout ça s'effacer, s'envoler avec le vent.

• • •

Assis sur un bloc de béton, entre le terminal et le stationnement, j'ai regardé le soleil dans les yeux, ça brille, ça brûle. Une belle journée de printemps, la journée idéale.

Depuis cinq mois, j'ai gardé tout ça pour moi. Pas-Rose était la première personne à qui j'en parlais. Mauvais signe. Crisse de vieille folle. Et si elle avait raison ? Julie, grosse ?

Dix minutes à me laisser bercer par les rayons du soleil, je me suis mis à trouver ça drôle, cette vieille pleine de classe qui parle de cul, qui frustre parce que je veux faire un beau geste, beau geste dans ma tête, la tête des autres je m'en fous. La tête des autres je m'en fous.

Une petite vieille qui veut chambouler ma vie, probablement parce que la sienne est rendue plate. Ça me fait sourire, j'oublie un peu tout le reste. Décompression, je suis bien, c'est la douce chaleur qui m'enveloppe. Au soleil, douce chaleur, je suis stressé, mais stressé doucement. Pas la grande nervosité, juste des petites questions, toujours les mêmes, les papillons dans l'estomac, l'angoisse de performance, le désir de plaire, la peur de l'échec. C'est le petit tableau de ma vie, que j'admire au soleil, sur un bloc de béton, et c'est à ce moment-là qu'on me tape sur l'épaule.

C'est Julie, avec ses valises. Oups. *Shit*.

— Qu'est-ce que tu fais là, toi ?

— Ben, je suis venu te chercher...

— T'aurais pu m'attendre en dedans, on aurait pu se manquer.

— Euh, ben, je t'attendais en-dedans, là.

— Non. Ici, c'est dehors, Matthieu.

— Non, je sais, mais t'es en retard.

— Je suis pas en retard, je t'avais dit que j'arrivais à six heures.

— T'avais dit deux heures.

— Non, six heures.

— Tu voulais que je prenne congé. C'parce que t'arrivais à deux heures, non ?

— Non, j'avais changé ça, je te l'ai dit.

— J'm'en souviens pas.

— Ça m'étonne pas. T'es parké où ?

Ça commençait mal. Elle n'avait même pas l'air contente de me voir. La pensée de tout abandonner m'a traversé la tête, d'une oreille à l'autre, et puis non. Cinq mois à y penser, je n'abandonnerai pas pour un air bête.

— J'ai quand même pris congé pour venir te chercher.

— Je sais. T'es fin.

— Je t'aime, t'sais.

— T'es parké où ?

— Je t'aime, Julie.

— Oui, mais t'es parké où ?

J'étais parké juste là-bas. On s'y est rendus sans que je sache si elle aussi, elle m'aimait.

— T'as mis les pneus d'été...

— Oui.

— Y'était temps.

• • •

Je tremblais un peu, du bout des doigts, j'ai eu de la misère à ouvrir le coffre, avec la clé qui tremblait du bout du métal.

— Qu'est-ce que t'as ? Tu shakes.

— Non, j'ai rien.

— Es-tu stressé ?

— Non, ça doit être que j'ai faim.

— T'as l'air stressé.

Ben non. Pourquoi je le serais ? Parce que j'ai peur de tout faire tout croche ? Parce que la soirée est déjà un peu croche, avant même d'être commencée ? Naaaaah. Ça va super bien, je suis *cool* et *smooth* et plein de mots en anglais. Si t'es bête et négative, Ju, c'est juste un défi de plus. J'aime ça, les défis, moi. Non ? Je sais plus.

— Je suis tellement fatiguée, t'as pas idée. J'ai juste le goût d'aller me coucher.

J'aime ça les défis, moi.

Non ?

Je sais plus.

• • •

L'horloge de l'auto avance de 17 minutes. Sur l'horloge de l'auto, il est 18 h 41. J'ai une réservation au restaurant à 19 h. Le Ballerine, restaurant chic, très très chic, ça fait trois mois que j'ai réservé, il faut être là à 19 h. À 19 h 17 sur l'horloge de l'auto.

— C'est quoi le toc toc ?

— Quel toc toc ?

— Le toc toc, tac tac, là, à gauche.

— Je sais pas.

— Ben là, c'est-tu nouveau ?

— Je sais pas.

— Tu sais pas ?

— Non.

— T'es ben à pic, toi.

— Je m'excuse, ma belle. Mais t'es pas mal bête toi aussi, t'sais.

— Moi j'ai le droit d'être bête, je reviens de Toronto, je suis morte.

— Je sais. Mais moi, je suis venu te chercher.

— Bon, qu'est-ce que tu veux, là? Tu veux une pipe?

— Non, je veux juste qu'on soit heureux.

— Qu'on soit heureux... De quoi tu parles?

— Ben heureux.

— On est heureux. T'es ben intense, toi.

— Je m'excuse. J'ai pas trop dormi cette nuit.

— Comment ça? À cause du toc toc?

— Non non, pas à cause de ça.

Je commençais à douter un peu de la justesse de mon plan. Quelques années de plus pour planifier les détails, ça n'aurait pas pu nuire. Des détails comme l'habillement, par exemple. À cause du retard. Parce que là, on n'avait plus le temps de passer chez nous pour se mettre chic. Moi, j'étais pas si pire, mais Julie, bof. Des jeans bleus, une tite ch'mise rosâtre.

— T'es habillée de même ?

— Ben oui. C'est confortable, pour l'avion.

— T'as pas quelque chose de plus chic, un peu, dans tes valises ?

— Ben oui, mais c'est tout sale. Pourquoi ?

— Ben... Je voudrais t'emmener dans un resto chic, ce soir.

— Ce soir ?

— Oui, là, là.

— Non, pas ce soir. Je suis fatiguée. On ira demain soir.

— C'parce que j'ai réservé pour ce soir.

— T'as réservé ?

— Oui, j'ai réservé. Faque on a pas vraiment le choix.

— Ça me tente pas, mon amour.

— *Come on...*

« *Come on* », c'est mon meilleur argument, toujours.

— O.K., mais là j'suis pas habillée. Va falloir qu'on passe chez nous avant.

— On a pas le temps, Ju. La réservation est à sept heures.

— On est déjà en retard.

— L'horloge avance de dix-sept minutes.

— On est presque en retard, d'abord.

— Raison de plus pour pas passer chez nous. Tu prendras quelque chose dans ta valise. C'est pas grave si c'est sale.

— T'es ben dégueu.

— Ben là. Ils te laisseront pas entrer en jeans, au Ballerine.

— C'est quoi, ça, Le Ballerine ?

— C'est le resto où on va. Il paraît que c'est écœurant.

Je me bats contre une armée, tout seul contre une armée, des milliers de Julies qui ne veulent pas aller au resto, des milliers de Julies qui veulent aller se coucher. Je me bats pour un geste, une idée, un plan. Contre des Julies négatives.

— Pis en plus j'ai pas faim, j'ai mangé dans l'avion. Pis je m'en viens grosse, là. J'ai mangé sans arrêt, à Toronto.

— Ben non, t'es pas grosse.

— Oui, je suis grosse. De plus en plus.

Grosse, vraiment ? Non, pas grosse, *come on*, faites-moi pas ça. J'ai pensé à Rose. Une histoire comique à raconter, pour adoucir l'atmosphère.

— T'sais pas ce qui m'est arrivé pendant que je t'attendais à l'aéroport...

— J'sais pas... T'es sorti dehors, pis t'as oublié que tu m'attendais ?

— T'es pas drôle.

— Oui j'suis drôle.

— O. K., t'es drôle. Non, j'étais assis sur un banc en plastique, pis y'a une vieille madame qui est venue s'asseoir à côté de moi. Faque je lui ai dit bonjour.

— Toi ça ? T'as dit bonjour à une vieille ?

— Je sais, c'est pas normal. Mais attends, tu vas voir, c'est super drôle. Je lui ai dit bonjour parce qu'elle avait l'air super fine, vraiment *class* la madame. Pis là elle m'a demandé si j'attendais ma p'tite amie. J'ai dit oui, elle m'a demandé ton nom, pis si ça faisait longtemps qu'on était ensemble.

— T'as dit quoi ?

— Quatre ans.

— *On and off*.

— Oui, ben c'est ça, je lui ai dit *on and off*, faque là elle m'a demandé si ça allait bien de ce temps-ci, faque j'ai dit oui, super bien. Pis là elle m'a demandé comment ça, super bien...

— Pis ?

Je suis épais. C'est en plein moi, ça. Cinq mois à me la fermer avec ma super soirée-surprise, et en quelques mots, j'ai failli tout faire foirer.

— Eeeeuh. Pis c'est ça. Elle était super fine, la madame. Je lui ai dit que je t'aimais, pis elle est partie.

— C'est tout ?

— Ben, oui, c'est tout.

— T'avais pas dit que c'était comique ?

— Oui oui.

— Mais là, c'est pas comique.

— Fallait être là, faut croire.

— Ouain, faut croire. T'es bizarre, ce soir, toi. T'es sûr que tu veux aller au resto ?

— Oui oui, je suis sûr.

•••

L'angoisse qui m'habite.

Un jour comme aujourd'hui, un soir comme ce soir, l'angoisse résonne avec mille échos. C'est un amplificateur à peur, la fin du monde dans un petit cœur qui drumme trop vite.

Mais sur l'ensemble d'une vie, c'est un minuscule tremblement. L'angoisse m'habite depuis toujours. Réussir, être le meilleur, passer inaperçu, plaire, ne pas déplaire, marquer des buts, gagner des points, avoir des bonnes notes, ne pas faire rire de moi, ne pas faire rire de moi, ne pas faire rire de moi. L'angoisse comme un tueur en série qui me court après, depuis toujours, l'angoisse comme un nuage.

C'est pesant, ça écrase la peau, je suis un peu racké en permanence. Je suis vieux, j'étais vieux même à six ans. Je me ronge les ongles jusqu'aux poignets, je marche en regardant derrière moi, je ris quand les autres rient, je fais des *jokes*, un refuge, une grotte, et si je tombe par terre, je me relève et je n'ai pas mal, même si j'ai mal.

Le ridicule tue.

Je tremble, c'est toute l'angoisse à l'intérieur qui résonne, c'est la peur qui vibre, pour se montrer. J'écris petit, petit et sec, violent. Je bégaye un peu, ça me pique tout le temps, j'ai peur que l'étiquette de mon chandail soit sortie.

Je suis jaloux, tout le temps jaloux.

J'ai peur de l'inconnu.

J'ai peur de perdre, peur de me tromper, peur d'être poche. Peur assassine, pas une petite crainte, pas la petite crainte que tout le monde nourrit. Peur assassine, avec un grand couteau, et une corde, et un *gun*.

Chaque jour, c'est pareil, chaque jour, c'est un combat contre tout, contre tous. Et parfois, c'est pire. Aujourd'hui, c'est pire. Toutes ces peurs, toute cette angoisse, fois des millions, c'est un univers de tremblements.

Julie, j'ai peur.

•••

C'est le printemps, tout devrait être beau et romantique. C'est ça, le printemps, les ti-zoiseaux, les zamoureux partout, les fleurs qui éclozent. C'est ça, le printemps, ça devrait être ça dans ma vie aussi.

Le plan, c'était quelques scénarios romantiques, une série de belles surprises, et Julie serait surprise, et belle.

Et le plan sous-jacent, c'était qu'elle m'aime tellement, qu'elle me trouve tellement fin, que la question ne se poserait même pas, au bout du compte : oui ze veux t'épouzer. C'est le printemps.

Disons que c'est mal parti. Bête et fatiguée, ce n'est pas tout à fait belle et fascinée. Mais bon, on continue. On continue ? Si vous continuez à tourner les pages, oui. Rendu au resto, ça va débouler de bonnes choses. Vous allez voir.

•••

— T'as pris congé.

— Oui.

— C'est gentil.

— Au moins tu l'apprécies.

— Ben oui, je l'apprécie, nono. Qu'est-ce qu'il a dit, ton boss ?

— Rien de spécial.

— Y'a rien dit ?

— Ben, y'a dit « bonne fin de semaine ».

— Ça le dérange pas que tu prennes congé comme ça ?

— Ça a pas l'air.

— C'est drôle. Ça te terrorise tellement de demander une petite journée de temps en temps, pis ça a tellement pas l'air d'être un problème.

— Oui.

— Quoi, oui ?

— Oui ça me terrorise.

— Comment ça, donc ?

— Je sais pas. Parce que.

— Ah ben oui. Ça a de l'allure, ça. En tout cas, je suis contente que t'aies pris congé, mon beau.

Le retour aux petits riens, ça rassure. Ma Julie qui redevient un peu normale, *cute* et gentille, impertinente, elle pose des questions et se fout de ma réponse. Ma Julie-Rien. Qui baille. Ça me fait bailler. Et ça fait bailler le monsieur dans la Camry à côté de moi au feu rouge, qui me regardait.

— On est fatigués, han ?

— Oui, on est fatigués. Mais on va passer une belle soirée ensemble.

— Si tu le dis.

• • •

Dans les situations qui sortent de l'ordinaire, le plus dur, c'est d'avoir l'air ordinaire. Qu'est-ce que je dirais, normalement, sur le chemin du retour, après que Julie a passé une semaine à Toronto ? Qu'est-ce que je suis supposé dire pour avoir l'air de moi, de moi pas stressé, de moi sans plan ni intention, de moi qui veux juste être gentil pour avoir une pipe pour mieux m'endormir ?

Être jaloux. Ça, c'est moi ordinaire.

— M'as-tu trompé à Toronto ?

— C'est quoi cette question-là ?

— Ben, c'est juste pour savoir.

— C'est ben ordinaire, ça...

Ordinaire. Bingo. G52.

— Tu le sais que ça m'inquiète toujours un peu.

— Je le sais, mais un jour, va falloir que t'apprennes à me faire confiance.

— Je sais. Mais pas aujourd'hui, O.K. ?

— Mouais.

— Faque ?

— Faque quoi ?

— Ben, tu m'as-tu trompé ?

— Oui, je t'ai trompé.

— Pour vrai ?

— Oui. Avec dix gros noirs, avec des pénis deux fois plus gros que le tien.

— Nounoune.

— Tu me crois pas ?

— Non.

— Tu devrais.

— Pour vrai ?

Du coin de mon œil, en faisant semblant de baisser le son de la radio, j'ai vu son sourire, enfin je voyais son sourire, son vrai sourire. Elle est belle.

Ça paye, être jaloux.

— En tout cas, c'est pas tes gros noirs qui t'emmèneraient au Ballerine...

— Pourquoi ? On a pas le droit d'être tout nu avec des grosses queues, au Ballerine ?

Je pense que Julie me trouve beau, aussi, quand je souris.

— On s'en va vraiment au Ballerine, là ?

— Oui. Il paraît que c'est un des meilleurs restos en ville.

— Moi je trouve que ça fait fif, comme nom, Le Ballerine.

• • •

Le Ballerine, c'est juste en face d'un énorme parc, avec une fontaine, une statue, des petits chemins tortueux, des coins sombres, de l'herbe, des arbres. Volontairement en face, parce que j'ai besoin du parc, et de sa fontaine, et de ses petits coins sombres, et de sa statue, pour la suite du plan.

Sauf que bon. Pour que tout ça fonctionne, je n'y avais pas trop pensé, mais il faut que je sois stationné à l'autre bout du parc, par rapport au restaurant. Pour qu'après le souper, on ait à traverser le parc.

— Y'est où, ton resto ?

— Juste de l'autre côté du parc.

— Pis tu te *parkes* ici ?

— Ben, oui.

— T'es ben épais. On est en retard, va don' te *parker* en face du resto.

Je suis ben épais, je sais. J'y avais pas pensé, je sais. Et on est en retard un peu, je sais. Euh. *Think*, Matt, *think*. En anglais, des fois, c'est plus facile.

— Euh, on peut pas se *parker* en face du resto.

— Comment ça ?

Je le sais pas, moi, comment ça.

— Ben, euh.

— Ben, euh ?

Aidez-moi. J'ai mal à la tête, je suis stressé, je ne suis pas une machine à inventer des excuses. Je me mets à regarder partout, en quête d'un indice, j'ai sûrement l'air fou, et je vois ses jeans, et voilà. Merci.

— Ben, t'es pas pour te changer en face du resto. Tout le monde va te voir, on va avoir l'air épais.

— C'est vrai, t'as raison.

— J'ai toujours raison.

— Non.

— Non ?

— Non, t'as pas toujours raison.

— Pourquoi tu dis ça ?

— Ben, l'autre jour quand tu t'ostinais avec ta sœur, tu disais que ça se pouvait que la Terre soit plate.

— J'étais saoul. Ça compte pas.

• • •

Quand on est saoul, on peut dire ce qu'on veut. Après quelques verres de scotch (ou plusieurs gorgées quand, comme moi, on boit son scotch à la bouteille), on peut raconter des histoires qui ne sont pas arrivées.

Comme la fois où j'ai tronçonné le balcon de madame Rivard, à Saint-Nicolas, dans le coin de Québec. La madame me reprochait de faire trop de bruit avec mon ski-doo, et en parlant, elle avait toujours une petite coulisse de bave qui traînait sur le coin de sa bouche. Alors pour lui donner une leçon, j'ai pris une *chainsaw*, et j'ai scié les trois quarts de son balcon, pendant qu'elle était partie chercher des vers pour monsieur Rivard, qui pêche beaucoup.

Ou comme la fois où j'ai embrassé la petite Chagnon, à l'école. J'avais envie de lécher ses broches, je l'ai cruisée pendant deux mois, jusqu'à ce qu'elle trippe sur moi complètement, et là je l'ai embrassée, devant les gars, entre deux *games* de ballon-chasseur, pour leur montrer que j'étais le *king*, et après je l'ai crissée là. Avoir su qu'elle deviendrait mannequin, je l'aurais pas crissée là.

Ou comme la fois où j'ai empoisonné mère Teresa.

• • •

— Qu'est-ce qu'on mange, dans ton resto de fif ?

— Du français. Qu'est-ce que tu mets, là ? T'as-tu une belle jupe ?

— Mmm. Une bonne fesse de Français.

— Niaise pas. T'as-tu une jupe ?

— J'ai plein de jupes, c'est juste qu'elles sont toutes fripées.

— Comme Rose.

— Quoi ?

— Non, rien.

La tête dans le coffre, à fouiller dans sa valise, Julie était belle, j'aime vraiment ses fesses.

— T'as des belles fesses.

— Mais j'ai pas de belle jupe.

— Prends-en une fripée.

— Mais ça va être laid.

— Tu te tiendras derrière moi quand on entrera, pis après tu resteras assise. Ça paraîtra pas.

— *Top winner*, ça, mon Matthieu. Toi tu connais ça, le romantisme.

— T'as une meilleure idée ?

— Tu pourrais t'appeler une escorte. Elle serait bien habillée, elle. Pis moi je pourrais aller me coucher.

— C't'une idée.

J'ai appelé une escorte, elle est venue nous rejoindre près de l'auto, on l'a assommée avec la valise de Julie, on lui a enlevé ses vêtements, on a mis son corps dans le coffre, avec les jupes froissées, et maintenant Julie est bien habillée.

— T'es belle de même, Ju. C'pas grave que t'aies une jupe un peu froissée. Ça paraît même pas. T'es belle comme un cœur.

— Un cœur froissé.

Elle avait le sourire de travers, un peu froissée de tout son être, ma Julie-Fripée, mais quand même, un peu plus de bonne humeur, un peu moins d'angoisse, un peu plus de confiance. Belle soirée, tu t'ouvres, belle soirée, tu me plais.

• • •

Choisir un restaurant.

Pour un moment inoubliable (dans le futur), pour un moment inoubliablera, donc, pour cette soirée de rêve que nous pourrons raconter à nos enfants pendant qu'ils nous trouveront plates, il faut savoir choisir. Pour une fraction d'éternité à figer dans le temps, il faut choisir le restaurant parfait, le meilleur, le plus beau, le plus bon, le plus tout. Le plus plus. Moi, je ne connais pas les bons restos. Je suis pourri là-dedans.

Je connais le McDo, et aussi le Harvey's. Et le St-Hubert.

Pour choisir Le Ballerine, donc, j'ai eu besoin d'aide, l'aide du monde du bureau, qui s'y connaissent, semble-t-il, c'est surprenant, ils n'ont pas l'air de ça. J'ai aussi eu besoin d'un *cover*, parce que je ne voulais pas que le monde sache que je préparais une demande en mariage.

— J'ai un de mes chums qui veut demander sa blonde en mariage. Il cherche un resto. Vous avez une idée ?

Estie que je suis poche.

N'empêche, je n'ai sûrement pas une face à me marier, parce que personne ne s'est douté de quoi que ce soit. Après 8 000 sous-questions sur les goûts de mon chum, et ceux de sa blonde, ils ont conclu que le futur marié me ressemblait. Et je me suis retrouvé avec une liste d'une dizaine de restaurants, tous plus inabordables les uns que les autres. C'était parfait. Si c'est cher, c'est bon. C'est ma devise.

Et si en plus, il faut réserver des mois à l'avance pour se ruiner, c'est encore mieux. C'est pas ma devise, mais ça pourrait le devenir, si je me mets à planifier ma vie des mois à l'avance.

•••

C'était un mardi soir, Julie était partie au cinéma avec ma sœur, voir un film de filles, avec des beaux gars et une histoire plate. Moi je faisais de l'éclairage. Ça se dit pas, je sais, mais j'étais parti en éclaireur. C'est pas pareil ?

En tout cas, j'ai fait le tour des façades des restos de ma liste. J'avais besoin d'un parc, en face ou pas loin, un grand parc avec une fontaine et des coins sombres. Parce que le resto lui-même, du moment qu'il est cher et *class*, je suis prêt à prétendre que la bouffe était formidable, même si je ne sais pas ce qu'il y avait dans mon assiette. Je suis comme ça, moi.

En face du Ballerine, le parc est parfait.

— C'était comment ton film, mon amour ?

— C'était plate.

— C'est plate, ça.

— Mais y'avait des beaux gars.

— C'est moins pire. Ma sœur va bien ?

— Je sais pas, on a pas parlé. On écoutait le film.

— Ah ben oui.

— Toi, qu'est-ce que t'as fait ?

— Je suis allé acheter des ampoules.

— Pourquoi ?

— Pour rien. Au cas.

• • •

Quand j'ai poussé la porte du Ballerine, le maître d'hôtel nous a regardés quelques secondes, en essayant fort de ne pas sourire, pour le standing, en cachant à peine son air de « ils sont pas à la bonne place, ces deux tatas-là, pis as-tu vu la jupe de la fille, elle est toute fripée, pis le gars est même pas assez galant pour la laisser entrer en premier ».

Malaise.

Ça m'écœure de passer pour un poche, même quand je le suis pour vrai. Ce petit sentiment de ne pas être à la bonne place, pas dans la bonne classe sociale, pas avec le bon monde. Jamais assez pointu, jamais assez chic, parce que les gestes ne viennent pas naturellement.

C'était la première fois de ma vie que j'entrais dans un resto aussi chic, mais crisse, j'aurais aimé ça que ça ne paraisse pas. Ce sera pour une autre fois, faut croire.

Le maître d'hôtel, quand il a vu qu'on ne s'en allait pas tout de suite, nous a chanté un oui en point d'interrogation.

— Ouuuuiiiii ?

Un Français, bien sûr. Il nous regarde de haut, pourtant il mesure 4 pieds 2. Je prends ma voix la plus sérieuse, mais elle tremble. *Fuck*, comment on fait pour avoir de la crédibilité ?

— Euh. On a une réservation pour deux personnes. Simard.

— Simard ?

— Oui, Simard. Comme René.

— Qui ?

— René Simard.

— La réservation est au nom de René Simard ?

— Non, Matthieu.

— Mathieu Simard ?

— Oui, mais avec deux t.

— Pourquoi René ?

— Non, pour rien. Juste Matthieu Simard.

— Avec deux t.

— Oui, c'est ça.

Quelques instants de lecture dans un livre en cuir, sur un trépied en aluminium, comme l'intérieur d'une Mercedes.

— Désolé, il n'y a pas de Matthieu Simard sur notre liste.

Qu'il dit avec son accent à fesser dedans, en nous pointant la sortie.

— Ben là. J'ai réservé.

La petite pensée qu'au St-Hubert, ça n'aurait pas été aussi compliqué.

— Désolé, monsieur Simard.

Qu'il dit en pointant encore plus la sortie.

Julie tire sur mon veston, d'en arrière, sa façon de me dire « on s'en va-tu ? ». Et moi je secoue mon bras pour qu'elle lâche ma manche, ma façon de lui dire « es-tu folle, y'a une bague qui t'attend dans une couple d'heures si tu laisses mon veston tranquille ».

Je hausse la voix, plein de vigueur, et que ceux qui pensent que je suis mou se le tiennent pour dit (pour écrit, dans ce cas-ci).

— Monsieur. Ça fait trois mois que j'ai réservé ma table, juste pour cette soirée-ci.

Et Julie qui n'aurait jamais dû entendre ça. Oups.

— Ça fait trois mois ?

— Je t'expliquerai.

Et le petit Français qui s'énerve un peu.

— Monsieur, je vous prierais de baisser le ton.

— Je suis désolé, monsieur, mais j'ai réservé pour sept heures, ce soir, pis je m'en vais pas avant d'avoir une table.

Et Julie qui se fait molle.

— Laisse faire, Matt. De toute façon, on est fatigués, les deux, on voulait même pas aller au resto.

— Comment ça, on voulait même pas aller au resto ? On va manger ici.

Que je dis en chuchotant, pour pas avoir l'air de faire une chicane de ménage dans l'entrée du restaurant top chic du crisse de petit Français. Qui, lui, regarde distraitement dans la salle à manger et se retourne en souriant.

— Je peux vous monter une petite table dans un coin, si ça vous convient.

— Oui oui, ça va aller

— Très bien.

J'ai regardé Julie, tout fier de moi, *full-smile*. Elle ne souriait pas.

— Qu'est-ce qu'y'a, ma puce ?

— J'aime pas ça quand tu te choques.

— Je m'excuse, ma belle. Mais là, ça va être correct. On va avoir le meilleur souper de notre vie, juste parce que je t'aime.

— Moi aussi je t'aime.

Yes.

• • •

C'est toujours une question de détails. Dans la vie en général, je veux dire. Ce qui nous rend heureux, toujours des détails, une accolade avec un vieil ami, un souffle chaud quand on est gelé, un cornet de crème glacée en été. Ce qui nous rend malheureux, aussi, une question de détails. Ce qui nous écorche le bout des doigts et le coin du cerveau, une petite tache sur un t-shirt neuf, un nez qui coule, une table qui branle.

Une table qui branle.

— Comment ça, don', que quand tu construis une table, là... c'est ça que tu fais dans la vie, là... Comment ça que t'es pas capable de faire les quatre pattes de la même longueur ?

— C'est pas la table, le problème. C'est le plancher qui est croche.

Un plancher croche. Quand je me suis penché pour mettre un bout de papier plié en dessous d'une des pattes, j'ai reçu le genou d'un serveur sur l'oreille. Je ne l'avais pas entendu venir, c'est dur, un genou.

Sur le bord de la cuisine, une table qui branle, dans un coin, une table perdue dans les odeurs de la cuisine. Merci, monsieur, c'est parfait. Au début du couloir, d'où je suis, je ne vois même pas la salle à manger. Ça fait plus intime. Mettons. Et avec les serveurs, les dix-huit mille serveurs qui m'effleurent l'épaule chaque fois qu'ils passent, passage étroit, ça met de la chaleur, du contact physique, de la proximité. Et si je les demandais tous en mariage, eux aussi, tous les serveurs, et Julie aussi, après, peut-être.

Oui.

— Je sais pas si je l'aime tellement, ton resto.

— Ben là. Attends de manger, au moins. La bouffe est supposée être ben bonne.

— Ouain.

• • •

Je crois qu'ils ont fait exprès. Pour rire de moi, parce qu'ils ont vu mes angoisses, parce que je suis transparent, parce que c'est comme ça que je suis né. Ils se sont trompés dans les menus. Ils m'ont donné celui avec pas de prix, et à Julie, celui avec les prix. Probablement même l'édition spéciale, avec les prix particulièrement astronomiques.

— Euh, Ju, prends ce menu-ci.

Mais c'était trop tard. Elle avait eu le temps de jeter un regard dans le traité d'astronomie. Si vous aviez vu les étoiles dans ses yeux, le genre d'étoiles dans Tintin, quand quelqu'un se fait knocker solidement, d'un coup de savate. Les étoiles qui n'en reviennent pas, faut faire un vœu.

Julie avait fait le sien.

— On s'en va-tu d'ici ? C'est trop cher.

— T'es pas supposée avoir vu les prix.

— Mais là, j'les ai vus.

— C'est moi qui paye, t'sais.

— Avec quel argent ?

— Ben... Le nôtre.

La bougie sur la table s'est éteinte.

— C't'un signe, ça, Matt.

— Quoi, ça ?

— La bougie.

— C'est quoi le signe ?

— Ben, qu'il faut qu'on s'en aille.

— Ah oui, tu penses ?

— C'est évident.

Le serveur, un des dix-huit mille, celui avec les cheveux et l'habit noir, est apparu en une seconde, et a rallumé notre flamme.

— Pis ça, c'est un signe ?

— Tu veux vraiment manger ici, han, Matthieu ?

— Oui, j'aimerais ça.

— Qu'est-ce qu'on fête ?

— Je sais pas. Notre amour ?

— Si tu le dis.

— Je le dis.

— C'est *cool.*

— Oui, c'est *cool.*

— As-tu choisi, ma belle ?

— J'ai aucune idée de c'est quoi qui est quoi.

— Moi non plus.

On a commandé de l'inconnu, avec d'autre inconnu en entrée. Le serveur nous avait recommandé quelque chose, je n'ai même pas compris ce qu'il a dit, j'ai pris ça. Julie a pris la même chose, mais un peu différent. On n'a jamais su ce qu'il y avait de différent.

Pour le vin, j'y suis allé au prix. Pas le plus cher, pas le moins cher, l'idée c'est de ne pas me ruiner complètement, mais de ne pas avoir l'air *cheap* non plus. Un vin italien, je trippe sur l'Italie de ce temps-ci. Quand le bonhomme des vins m'a montré la bouteille, j'ai trouvé l'étiquette assez belle, j'étais content de mon choix. Il s'est mis à la déboucher. Julie et moi on s'est regardés, sans parler. C'est toujours la même chose, le malaise étrange, comme si le bonhomme entrait dans notre vie avec son tire-bouchon On voudrait se parler, j'étais au milieu d'une phrase quand il est arrivé, mais on ne veut pas qu'il sache, même si c'est rien d'important, surtout si c'est rien d'important. Alors on sourit niaiseusement.

Il m'a fait goûter le vin. Ça goûtait le vin. *Good stuff.*

Puis il est parti, et j'ai pu terminer ma phrase pas importante.

Les choses commençaient à se placer tranquillement, la table ne branlait plus, les serveurs nous regardaient de moins haut, un bon vin dans nos bouches. On a reçu nos entrées, et, franchement, je ne savais pas ce qui était comestible et ce qui était de la décoration. Julie m'a aidé, elle est un peu plus gastronome que moi, juste un peu. Juste assez pour que ça lui donne envie de rire de moi, les choses commençaient à se placer tranquillement.

•••

Quand je suis en face de toi, n'importe où, c'est pas important, quand je suis en face de toi et que je regarde ton visage, tes yeux et leur lumière, ta bouche et sa roseur, je lévite. Une vibration juste en dessous de mon sternum, en plein cœur de mon corps, une vibration illuminante. Je passerais des heures comme ça, à te regarder me sourire, à lire dans tes yeux toute la douceur du monde, tu me fais sentir mieux, pas bien, mieux. Une vibration, une boule de feu bleue qui tourne trop vite, une musique magique, sous ma peau, ça résonne dans les os, ça résonne dans mon mètre cube. Oui, Julie, je t'aime.

•••

— Comment ça, trois mois de réservation ?

— Han ?

— Comment ça, trois mois de réservation ?

— Euh...

— Encore euh ? Me semble c'est pas mal euh, ce soir.

— Non, c'est juste que c'est un peu compliqué. C'est à cause de Phil. Il avait réservé, y'a trois mois. Pis là, cette semaine, il m'a appelé pour me dire qu'il pouvait pas y aller, et que si ça me tentait de prendre sa réservation, ça pourrait s'arranger.

Mentir à sa blonde, quand c'est pour une bonne cause, ça va-ti ? Moi je dis que oui.

— C'est pas compliqué, ça. Pourquoi t'as dit que c'était compliqué ?

— Non, c'est vrai. Dans ma tête, c'était plus compliqué que ça.

— Dans ta tête, c'est toujours plus compliqué que ça devrait.

Elle a raison. Mais elle sait qu'elle ne pourra pas me changer. Pas pour deux d'une marque concurrente, pas pour un beau gars dans un film poche, pas pour un épais simple, pas pour dix noirs avec des grosses queues. Elle ne pourra jamais me changer, parce que j'ai toujours été comme ça. Trop de questions, trop de peurs. Trop de nœuds dans les organes.

— Tu manges pas beaucoup, mon beau. T'aimes pas ça ?

— Non, c'est super bon, c'est juste que je sais pas trop, là, finalement. Non, c'est bon. Je dois pas avoir faim.

— C'est pas grave.

C'est l'angoisse, bien sûr, qui fait des nœuds dans les estomacs, toujours. La bouffe n'entre pas, je mâche pendant des heures, c'est vrai que c'est bon, mais la soirée est trop prenante pour que mon ventre s'ouvre. Les nœuds, c'est contraignant.

Et le serveur qui s'en mêle.

— C'est terminé, ici ?

— Oui.

C'est le soupir du serveur qui a suivi qu'il fallait entendre, le soupir insulté, pour alimenter une culpabilité que je n'ai pas trop, honnêtement. Mais bon. Avoir su que ça dérangerait, j'aurais mangé un peu plus. (En fait, j'aurais mis un peu de ma bouffe dans l'assiette de Julie quand elle est allée aux toilettes.)

— J'aime pas le service, ici. J'espère que tu donneras pas trop de *tip*.

— Tu le sais, ma belle, que je donne tout le temps plein de *tip*.

— Oui, je sais. T'es épais.

— Ben là.

Elle m'a soufflé un bec.

•••

Les détails positifs, les détails négatifs. Julie qui m'envoie des petits becs, mon couteau qui tombe par terre, les je t'aime, les t'es épais, Julie qui me sourit en penchant la tête sur le côté, le serveur qui m'apporte l'addition. L'addition-multiplication.

C'est une bonne chose que *Visa* m'ait envoyé une lettre pour me dire qu'ils augmentaient ma limite de crédit. Moi, je ne leur avais rien demandé. Ils prévoient, je crois, ils ont des micros dans ma tête.

Et dans ma tête, pendant que je signais un semblant de nom sur le bout de papier *Visa*, j'ai eu une inquiétude. J'ai vu un mini sourire sur les lèvres de Julie, un genre d'étincelle dans son visage, comme si elle venait de se douter de quelque chose, comme si j'avais été silencieux trop longtemps et qu'elle avait pu réfléchir un peu.

Petite lueur de lucidité, j'ai eu peur qu'elle devine mes plans. Éteindre ça.

— Sais-tu pourquoi je t'ai emmenée ici, pour vrai ?

— Non, pourquoi ?

— Pour me faire pardonner.

— Te faire pardonner ?

— Oui, j'ai été bête avec toi depuis une couple de semaines, je sais pas ce que j'avais. Je voulais pas que tu sois frustrée contre moi. Je me suis dit que je te montrerais que je t'aime.

C'était très plausible. C'est mon genre. Avoir à me faire pardonner, je veux dire.

— T'avais pas à faire ça, mon amour. Mais merci. T'es super fin de m'avoir invitée ici.

— T'as aimé ça ?

— Oui, c'était un souper de rêve. Vraiment.

Et un bec. Elle ne devrait pas me mentir comme ça.

Souper de rêve, mais le genre de rêve qu'on ne comprend pas trop. Tu te réveilles et tu te souviens de bouts confus, sans savoir si c'était beau ou laid. Rêve mélangé avec plein de couleurs fuckées, rêve embrouillé avec plein de buée. Souper de rêve embué. Il y a des rêves qui se perdent trop vite, on a un flash au réveil, des images plutôt claires, on se dit qu'il ne faut pas les oublier, et, quelques secondes après, plus rien. J'ai peur qu'on oublie celui-ci, ce rêve de souper, en quelques secondes, ça me fait peur un peu. Mais je n'y peux rien.

• • •

Et maintenant, la suite du plan.

• • •

— Il fait beau, han, ma chérie ?

— J'ai un peu froid, moi.

Come on. Donnez-moi une chance. Que quelque chose aille parfaitement dans la soirée, pendant deux-trois minutes. Là, c'est le froid. Il fait même pas froid.

— T'as vraiment froid ?

— Ben, un peu. C'est pas chaud pour être en jupe.

Come on.

Je voulais marcher tranquillement dans le parc, jusqu'à la fontaine, prendre mon temps, prendre son temps à elle, profiter de chaque pas comme si c'était le dernier. Elle s'est mise à marcher vite, plein de petits pas touc touc touc, vite.

— T'es pressée.

— J'ai froid.

— On est pas pressés.

Elle a ralenti, un sourire en moins. J'ai mis mon bras autour de tout son corps. Elle est petite, ce soir, je l'ai réchauffée avec la vibration qu'il y a en moi, je l'ai réchauffée pour qu'on marche doucement, toute la douceur dans nos pas, il est là, le romantisme. Dans les pas qu'on dépose en apesanteur, les frôlements sur le sol un soir de printemps.

Il est là, le romantisme, dans les gestes silencieux, dans l'absence de mots, dans le flottement de l'air. Quand tu regardes loin en sentant les doigts de ta blonde glisser dans ton dos. Quand tu clignes des yeux en prenant ton temps, deux secondes les yeux fermés, parce que l'éternité t'appartient, à toi, ce moment précis-là, avec ta douce, l'éternité t'appartient.

• • •

On s'est approchés de la fontaine. La lumière était plus macabre que j'aurais voulu, lumière blanc sombre, blanc foncé, d'un lampadaire faible et bas. Ça faisait des ombres longues, et noires. Assis sur le bord de la fontaine, il y avait François, tel que prévu. François, élément mathématique du plan, dont le rôle était tout simple. Donner une enveloppe à Julie.

• • •

Quand le téléphone a sonné mercredi soir, j'étais sûr que c'était Julie qui s'ennuyait de moi, à Toronto, Julie qui voulait que je l'embrasse dans le combiné. Alors j'ai répondu sensuel.

— Ooooui allôôô ?

C'était pas Julie. C'était François.

— Tu réponds ben fif, toi.

— Aye, salut.

— Tu réponds ben fif...

— J'pensais que c'était quelqu'un d'autre.

— Un fif, genre ?

— Épais. Julie est à Toronto. J'pensais que c'était elle qui m'appelait.

— Pas trop déçu ?

Ben, un peu, oui. Je filais pour embrasser un combiné, là.

— Non, pas du tout. Comment ça va, toi ?

— Pas pire. Aye, j'aurais un service à te demander.

— Oui ?

— Tu penses-tu que tu pourrais checker mon CV ?

J'ai dit oui, bien sûr, je suis serviable, et je l'aime bien, François. Et il écrit tellement mal que je me sens humanitaire quand je révise ses écrits. Il m'a dit qu'il m'en devait une. Alors, j'ai flashé.

— Aye, moi aussi j'ai un service à te demander.

•••

Sauf que ouain. J'aurais pu faire un casting plus éclairé. Tout ce dont j'avais besoin, c'était quelqu'un que Julie ne connaissait pas. Et j'ai choisi François, parce que je lui fais confiance, parce qu'il m'en devait une. Sauf que François, quand on ne le connaît pas, il peut faire un peu peur, surtout avec les ombres, au milieu d'un parc désert.

Les cheveux longs, la barbichette folle, les deux bras tatoués au complet, le sourire exagéré, l'air fucké — il n'est pas fucké pour vrai. Quand Julie l'a vu de loin, elle a commencé tranquillement à se coller sur moi. Je suis la protection, c'est bon pour mon ego, si mince et quand même protecteur. Plus on approchait de la fontaine, plus elle poussait vers la gauche, pour me faire changer de trajectoire. Et moi je faisais comme si je ne comprenais pas, je forçais de l'autre côté, comme si je voulais juste la coller plus, la réchauffer plus.

Il ne nous restait qu'une dizaine de mètres, et François s'est levé d'un trait, gros épais. Julie a fait un saut, a soufflé un petit cri effrayé. Si elle avait eu du poivre de Cayenne, François aurait eu les yeux épicés, et mon plan serait tombé à l'eau, à la fontaine.

François a fait deux pas vers nous, Julie a figé. Il souriait, mais ça ne veut rien dire. Il a pris sa plus belle voix, sa voix la plus douce, pour apaiser mon inapaisable moitié, mais même sa voix la plus douce fausse un peu.

— Julie ? qu'il a dit.

— Euh, non, qu'elle a dit.

Comment ça, non ? Quand même, Ju.

— Tu t'appelles pas Julie ?

— Ben, euh, oui. Mais je suis pas la bonne.

— Comment ça ?

— Je suis pas la Julie que tu cherches. Ça doit être une autre.

— T'es Julie Marchand, non ?

— Euh...

— Julie Marchand ?

— Comment ça se fait que tu connais mon nom, toi ? T'es qui, toi ?

— J'ai ça pour toi.

Et il lui a tendu l'enveloppe, enveloppe rouge de carte Hallmark, que j'ai volée chez Hallmark, sans acheter de carte. C'était écrit *Julie* dessus, écriture à la main, mais pas de moi. C'est fou comme François écrit mal.

Une aura de points d'interrogation entourait Julie. Moi, j'étais le témoin amusé qui regarde les choses aller, comme elles sont supposées aller, c'était beau à voir.

— C'est quoi ?

— Je le sais pas.

— Qui t'a dit de me donner ça ?

— Je le sais pas.

François a tourné le dos et est parti sans se retourner. *Good job*, le gros, je t'en dois une.

Rire nerveux. Julie a eu peur, ça paraît ; elle n'a plus froid, elle décompresse. Elle ne croit pas trop à ma protection, finalement, on dirait.

— J'ai eu peur.

— J'étais là pour te protéger.

— Toi, ça ?

Petit sourire.

— C'est quoi l'enveloppe, ma belle ?

— Je sais pas, on regardera ça à la maison.

— Ouvre-la don' tout de suite.

— Pas ici. D'un coup que le fucké revient...

— Il reviendra pas.

— Qu'est-ce que t'en sais ?

— *Come on*, je suis curieux.

« *Come on* », l'argument massue.

Elle a ouvert l'enveloppe, a trouvé la lettre. Tapée à l'ordinateur, toute *cute*, papier de qualité, très *class*. Enfin, je trouve.

Elle l'a lue à voix haute.

Julie,

J'ai caché ici un cadeau pour toi. Il se trouve au nord du parc, sous un amas de buissons touffus à l'ouest du plus grand arbre. Trouve-le, tu ne seras pas déçue.

Pas mal, non ? Je suis fier de moi, grosse tête et amour-propre. Julie va tripper, c'est certain. Julie va m'aimer, c'est certain.

— Je suis sûre que c'est Éric.

Elle est sûre que c'est Éric. Ah ben crisse. Éric, son ex. L'amour de sa vie avant que je sois l'amour de sa vie.

— Tu penses que c'est Éric ?

— Je suis sûre. C'est tellement son genre.

— Pourquoi il ferait ça ?

— Ben... Parce qu'il m'aime encore, j'imagine.

— Ben là. Ça fait quatre ans que vous êtes plus ensemble...

— Oui, je sais. Mais quand même, il l'a jamais trop accepté, tu sais ben.

C'est vrai. Le temps que ça lui a pris, au début, avant qu'il la laisse tranquille, qu'il lui laisse un peu d'espace pour qu'elle me cruise. Semaines interminables, et encore aujourd'hui, quand quelqu'un fait une excentricité pour elle, le réflexe c'est de penser que c'est lui.

Elle pense que c'est Éric. Sur le coup, ça m'a déçu. Et puis non. Dans le fond, tant mieux, si elle pense que c'est lui. Ça garde la surprise plus longtemps. Suspense suspendu. C'est bien. Courage, on continue.

— Bon ben, on va-tu le chercher, le cadeau de ton ex ?

— Es-tu fou ? Ça m'intéresse pas.

— Ça t'intéresse pas ?

— Non. C'est toi qui m'intéresse.

— Mmm. T'es fine. Mais t'es même pas un peu curieuse ?

— Ben. Peut-être un peu...

— Qu'est-ce qu'on a à perdre ? D'un coup qu'il te donne un million de dollars.

— Penses-tu ? Ça serait l'fun, ça...

Y'a-tu quelqu'un qui a du *duct tape* ? Pour mettre sur ma bouche, que je me la ferme jusqu'à la fin de la soirée. Chaque fois que je parle, je dis une niaiserie. Inventer un million de dollars qui l'attend au bout du parc. C'est cave, ça. Des belles attentes que je suis en train de lui bâtir, et quand elle va voir la bague, elle va être déçue.

Ou bien je fabule. Je ne sais pas. Un million ou se faire demander en mariage. Qu'est-ce qui est plus l'fun ? Ça se peut qu'elle soit déçue ? Je me pose trop de questions ? Je ne profite pas assez de la soirée ?

— Qu'est-ce que tu fais, Matt ? Tu dis plus rien.

— Rien. Je me posais des questions.

— C'est quoi, tes questions ?

— Ben, je sais pas. C'est par où le nord, mettons ?

— Nono. C'est par là.

Et elle a pointé le sud. Julie et son sens de l'orientation, j'aurais dû y penser en écrivant la lettre. Nommer des noms de rue au lieu d'un point cardinal.

— Je pense pas, ma belle. Je pense que c'est complètement de l'autre bord.

— Non, non, je suis sûre que c'est par là.

— Veux-tu parier ?

— O.K. Je te parie le cadeau d'Éric que le nord, c'est par là.

— Qu'est-ce qui te dit que je le veux, moi, le cadeau d'Éric ?

— Tu veux pas un million de dollars ?

— C'est peut-être juste un Kinder Surprise, aussi, t'sais.

— Ça serait un peu moins l'fun.

— Un peu, oui.

— Mais t'aimes ça pareil, toi, les Kinder Surprise. Non ?

— Sauf que j'aime pas ça parier avec toi.

— Pourquoi ?

— Parce que je gagne tout le temps.

— Pas cette fois-ci.

— Qu'est-ce qui te fait dire que le nord, c'est par là ? T'as regardé la mousse sur les arbres ?

— Nono. C'est juste qu'on est arrivés par là, pis qu'on venait du nord.

— On est pas arrivés par là, ma belle. On est arrivés par là.

Avec plein de doigts pointés partout.

— T'es sûr ?

— Oui, je suis sûr. Le Métropolitain est par là.

— Pis le fleuve est là ?

— Oui, le fleuve est là.

— Une chance qu'on a pas parié.

— Oui, une chance.

On s'est embrassés tendrement, je la soupçonne d'avoir eu un frisson de froid, et d'avoir voulu se réchauffer dans le creux de mes lèvres, un instant.

— T'es sûr que c'est par là ?

— Oui.

On est allés par là, tranquillement, les pas en apesanteur, toujours les pas en apesanteur, le bonheur.

• • •

Les ombres.

On a tous un traumatisme d'enfance, un monstre sur un mur, un fantôme sur le coin de la porte, un meurtrier sur le bord de la fenêtre, assis tranquillement, qui attend qu'on s'endorme pour nous trancher la gorge. Des ombres qui bougent, qui vivent, formes floues, on les adopte, ou elles nous adoptent. Un meurtrier assis sur le bord de la fenêtre, avec un couteau, et quand nos yeux nous trahissent, le couteau allonge, long couteau luisant, rougeâtre. Il ne faut pas dormir, malgré la fatigue, ne pas dormir. On remonte la couverture par-dessus notre tête, les ombres oublient, tout disparaît, sauf le traumatisme, l'enfance souffrante à cause d'une petite lueur mouvante, la lune et les lampadaires, les voitures qui passent.

J'ai vu dans l'herbe mon meurtrier, son couteau, dans l'herbe du parc ce soir. Un coup de vent, j'ai senti l'herbe se coucher, se froisser, cette chaleur sur ma gorge, le sang chaud qui coule. Mes yeux grands ouverts, toujours ouverts, tellement ouverts qu'ils sont déserts, dans l'herbe mon meurtrier.

J'ai eu mal, une fraction de seconde, j'ai mis ma main sur ma gorge, en un sursaut, Julie m'a souri, a vu la peur et m'a souri. On a continué à marcher, les ombres qui bougent ont continué à bouger, la terreur a fait son chemin. Dans ma chambre, ce soir, je vais fermer la fenêtre.

Les lampadaires sont bas, la lumière est blanche, les ombres sont longues, l'herbe fait des vagues.

•••

— J'ai trouvé.

Elle avait trouvé la valise que j'avais cachée sous les buissons, du côté du parc où la mousse pousse sur les arbres. Avec un bout de papier collé dessus, qui disait « Julie, le code pour ouvrir la valise, c'est ta date de naissance. »

Valise achetée dans une vente de garage, parce que j'étais quand même pas pour en prendre une des nôtres. Quand même. Vous me prenez pour qui ?

•••

Dimanche matin, c'est ce qui me manquait, une valise. Il ne faisait ni beau ni pas beau, des nuages mais pas trop, 15 degrés. Parfait pour la chasse aux valises. Et en fait, à ce moment-là, je ne savais même pas ce que je cherchais. Un sac, un plat Tupperware, je ne savais pas, un contenant, c'est tout, assez grand, c'est tout, opaque de préférence.

J'ai pris mes appâts à valise (des faux billets d'avion) et mon *gun* à valise (un *gun* régulier, mais avec une poignée dans le dos), et je suis parti dans mon Jeep à valise (un char ordinaire mais en cuir). J'étais habillé en camouflage. Des pantalons gris béton, un chandail rouge brique, des cheveux brun *truck* de vidanges. Des souliers beige craque de trottoir. *Yes*.

En route pour la forêt de poteaux d'électricité. Montréal, où sont tes ventes de garage ? Une ici, mais poche. Vite parti. Une autre là, tout aussi poche, mais il y a un tapis ovale pas pire, orange et rouge, top kitsch, ça me tente, mais je ne peux pas. Et pas de contenant *swell.*

Je me suis promené dans mon coin pendant une petite demi-heure, un trois-quarts-de-demi-heure, et j'ai trouvé la vente de garage du siècle, avec plein de tout, plein plein de tout. Dans une ruelle derrière la rue Drolet, pas trop loin de Beaubien, je suis sûr qu'il ne restait plus rien dans la maison, tout à vendre pour des pinottes, à l'extérieur.

Une montagne de cossins, toutes les couleurs y étaient, et du chrome, tout en chrome, des lampes et des objets non identifiés, volants ou pas, dur à dire. Un musée, une montagne, c'est spectaculaire, j'aurais passé la journée là, à feuilleter les *Archie*, à admirer les chemises et les manteaux, à me choisir des fourchettes, à essayer les chaises. À admirer la valise parfaite. Avec les coins chromés. Noire avec les coins chromés.

Mais dans les mains d'un monsieur qui semblait vouloir l'acheter.

Je me suis approché tranquillement du monsieur, gros bonhomme barbu, je me suis arrêté à côté de lui, en faisant semblant de m'intéresser à un vieux parasol Brador. La plus que bière, quand même. Le monsieur, qui ressemblait à un Gilles, ouvrait et fermait la valise, pour voir si elle ouvrait et fermait bien, j'imagine. Quand il m'a vu, il m'a salué d'un petit signe de tête. J'ai fait la même chose, courtoisie de ventes de garage. Comme pour accepter qu'on est *cheap*, mais *cheap* ensemble.

— Vous... Vous allez l'acheter ?

— ...

Pas jasant, le Gilles.

— Monsieur ?

— ...

— Monsieur ?

— Mm ?

— Vous allez l'acheter, la valise ?

— Oui.

Non.

— Vous devriez pas.

— Comment ça?

— J'ai exactement la même, pis à mon premier voyage avec, elle m'a causé plein de trouble. Elle ouvrait plus, pis une fois que j'ai réussi à l'ouvrir, elle fermait plus.

— Elle a l'air de bien ouvrir pis fermer.

— Oui, mais ça dure pas.

Il m'a souri poliment.

— C'est gentil de me prévenir, mais je pense que je vais la prendre pareil.

— Non non. C'est pas une bonne idée.

— Pourquoi ?

— Ben... Moi je la veux.

— J'étais là avant.

— À quelle heure vous êtes arrivé ?

Il a commencé à me regarder un peu moins poliment. Puis à s'éloigner pour payer la madame vendeuse de garage. J'ai mis ma main sur son bras, pour le retenir.

— Touche-moi pas.

— Laissez-moi-la, s'il vous plaît. J'en ai vraiment besoin.

— Non.

Bon. Aux grands mots, les grandes niaiseries. J'ai sorti mon *gun* à valise et je l'ai menacé. Il s'est mis à trembler et m'a donné la valise.

— Merci, Gilles.

— Comment ça se fait que tu connais mon nom, toi ?

• • •

Et c'est comme ça que j'ai pu avoir une belle valise pour surprendre ma Julie-Surprise.

• • •

— Ouvre-la.

— D'un coup que c'est une bombe ?

— Ben voyons, Ju.

— Non, c'est vrai, t'as raison. Éric ferait quand même pas ça.

— Tu penses encore que c'est Éric ?

— C'est évident. Qui d'autre connaît ma date de naissance ?

Euh. Moi. Coucou, Julie ?

•••

On s'est assis sur un banc vert, et Julie a ouvert la valise noire avec les coins chromés. Elle était pleine de roses. Pleine, mais pleine. Débordante. Quand Julie a vu toutes ces fleurs rouges, elle a ouvert ses yeux bleus tout grands, plein de blanc, éclatante Julie. Puis elle a respiré un peu. Puis elle a fait la face qu'on fait quand on ne comprend pas.

— C'est ça, le cadeau ?

— Je sais pas, moi.

— C'est pas un million de dollars, en tout cas.

— T'es déçue ?

— Ben, un peu.

— C'est juste des roses ?

— Ça a l'air.

— Y'a peut-être un chèque dans le fond.

— Tu penses ?

— Non.

— Je vais regarder pareil.

Elle a pris les roses une par une, comme pour les protéger, ou par malaise, parce qu'elle ne savait pas trop ce qu'elles signifiaient. Un peu de peur dans ses gestes, la peur flottante, qui survole une scène discrètement, intimidante.

Les roses une par une, déposées doucement sur le banc, avec tendresse, pour ne froisser personne, pour ne pas les froisser non plus. Au fond de la valise, il y avait une enveloppe. Moi je le savais. J'ai fait semblant d'être surpris.

— Bon, c'est quoi ça, encore ?

— Ben, une enveloppe.

— Je vois ben, mais là, y'est ben fucké, ton ex.

Une belle *game* à jouer. Finalement, j'étais content qu'elle pense que c'était son ex, sinon elle aurait déjà su que c'était moi. Et ça aurait été moins l'fun de jouer.

En décachetant l'enveloppe, les mains de Julie tremblaient, vibraient. Elle me ressemble.

— Tu trembles, ma belle.

— C'est stressant. Je sais pas trop c'est quoi, tout ça. C'est pas toi qui es derrière ça, han ?

— Penses-tu vraiment que je serais capable de faire quelque chose de même ?

— Tellement pas.

— Tellement pas...

La lettre dans l'enveloppe disait: « Tu aimes les roses ? Tant mieux. Mais ce n'est pas terminé. Rends-toi à l'autre bout du parc, devant la statue. Une autre surprise t'y attend. »

— J'aime pas ça, Matthieu.

— Quoi ?

— Ben, tout ça. Ça me fait peur.

— Jusqu'à maintenant, ça a l'air plutôt inoffensif, non ? On y va ?

— Où ça ?

— Ben, en face de la statue.

— J'pensais que tu disais «on y va», genre, chez nous. J'suis fatiguée, là.

— Moi j'pense que t'es plus peureuse que fatiguée.

— J'suis pas peureuse.

— Je sais. On y va ?

— Où ça ?

— Devine.

— En face de la statue ?

— Ben oui.

— Je savais même pas qu'y avait une statue ici.

— Moi non plus. Y'est assez grand, le parc.

— Ouain. On y va ?

— Où ça ?

— Nounoune.

— J'suis pas nounoune.

— Peureuse.

— J'suis pas peureuse.

Ma nounoune peureuse et moi nous sommes levés, avons replacé les roses dans la valise, avons refermé la valise. Tout ça les deux ensemble, quel beau couple.

• • •

Et on a marché vers l'autre bout du parc. Vers la suite du plan. Suite et fin.

• • •

On avait l'air de revenir de voyage, avec notre valise pleine de fleurs. On voyage léger, Julie et moi. Cent-cinquante roses, une enveloppe, c'est tout. Léger.

En traversant le parc, avec les ombres sauvages et l'herbe froissée, j'essayais de rassurer Ju, un peu.

— Moi, je trouve ça l'fun.

— C'est parce que c'est pas toi qui te fais contrôler comme ça.

— Mais je suis là avec toi.

— Qu'est-ce que ça fait, ça?

— Ben, c'est supposé te rassurer.

— Supposé...

Oui, bon, j'ai jamais dit que j'étais bon pour rassurer une fille, moi.

Pendant ce temps-là, mon cœur à moi commençait à vrombir turbocompressé. La fin approchait, les choses allaient plutôt bien, malgré la peur, malgré les doutes, malgré Éric. C'était de plus en plus terrorisant, moins à cause du plan, plus à cause du geste. C'était rendu une question de minutes, comme ça, mine de rien, une question de minutes avant que la question sorte de ma bouche, tout croche probablement, en bégayant, probablement.

C'est stressant.

Je me suis souvenu de tous mes doutes, les doutes de base. Et si elle dit non. Et si c'est une grosse erreur, tout ça. Et si je ne l'aime pas vraiment.

— Julie ?

— Oui ?

— On s'aime, han ?

— Oui, pourquoi ?

— Juste pour savoir.

— Ben là tu le sais.

Ben là je le sais.

•••

La première fois que je t'ai vue, dans une petite brasserie sale, bienvenue aux dames, j'ai tout de suite voulu te prendre dans mes bras. Une pulsion, un besoin de te toucher, de regarder dans tes yeux, le plus profond possible, de plonger en toi, dans ta vie, dans ton histoire, de plonger sans regarder en arrière, en sachant que ça allait faire mal. Tout le monde m'a dit d'être prudent, j'ai répondu oui, en mentant à tout le monde. Je savais que c'était trop dangereux pour moi, pour mon petit cœur fragile, je savais que je pouvais mourir torturé en entrant dans ton univers, mais c'était plus fort que moi, trop fort pour moi, il fallait. C'était la première fois que ça m'arrivait. Oui, Julie, je t'aime. Toi et ton univers, toi et ton histoire, je vous aime.

• • •

Madame Germain avait dit qu'elle m'arrangerait ça. Sans poser de question, même. C'était un mois plus tôt, j'étais allé voir madame Germain un peu par hasard, un samedi après-midi où la pluie faisait fondre la neige. Grosse madame dans la cinquantaine avec les cheveux teints en roux laid. La madame qui sait tout, tout le temps, gentille comme tout, généreuse comme un gâteau au chocolat.

Je ne la connaissais pas. C'était la voisine de Mike, qui m'en parle de temps en temps, en bien, en toujours bien. La madame qui règle tous les problèmes, la madame qui connaît tout le monde. Je sortais de chez Mike, avec plein de préoccupations dont je ne pouvais pas parler à Mike, et j'ai vu madame Germain, et je me suis dit : tiens, pourquoi pas ?

— Madame Germain ?

— T'es l'ami du p'tit gars d'à-côté, toi.

— Oui.

— Qu'est-ce que je peux faire pour toi ?

— Il paraît que vous savez tout, vous ?

— Oui monsieur.

— Je cherche un *band*.

— Quel genre de *band* ?

— Ben, je sais pas trop, quatre cinq musiciens qui jouent du classique, des violons, du violoncelle, ce genre de choses-là.

— Un petit quartet classique pour une occasion spéciale...

— En plein ça. Pour jouer dix minutes, en plein air.

— Quand ça ?

— Dans un mois.

— Ouais. Je peux t'arranger ça.

— Vous feriez ça ?

— Sûr. Donne-moi ton numéro de téléphone pis la date pis l'heure précise que t'as besoin d'eux. Quand tout est arrangé, je t'appelle.

— Pis combien je vous dois ?

— Rien. Pour un beau bonhomme comme toi, c'est gratis.

— Pour vrai ?

— Oui monsieur.

— Je peux-tu vous demander quelque chose ?

— Inquiète-toi pas, j'en parlerai pas au p'tit gars d'à-côté.

— Merci.

La bonté gratis, ça désarçonne toujours un peu. J'ai toujours un peu de misère à *truster* le monde que je ne connais pas. Pourquoi elle ferait ça ? Les gens vivent pour nous niaiser, d'habitude, pourquoi elle serait différente, elle ? Je lui laissais une semaine pour me rappeler, après je l'oubliais. Elle m'a téléphoné le soir même.

— Ti-gars ?

— Oui ?

— C'est Claudette.

— Claudette ?

— Germain.

— Ah, bonjour. Ça va ?

— Oui oui, ça va. C'est fait.

— C'est fait ?

— Oui, t'as un quartet pour ton soir, pis il paraît qu'ils sont ben bons. Pis pas laids, en plus.

Eh ben. Les choses trop belles pour être vraies peuvent-elles être belles quand même ? Je ne savais pas trop. Pas l'habitude des beaux gestes gratuits, pas l'habitude de me faire aider par des inconnus. Je me suis senti vieux, très très vieux croulant, penché par en avant, incapable de traverser une rue, tremblant sous la pluie. Et un jeune punk qui veut m'aider à traverser prend mon bras. J'ai peur. Je ne le connais pas, le punk. Et s'il me laisse en plein milieu de l'intersection, s'il veut juste rire de moi, s'il veut me voler, je ne sais pas, je suis sur mes gardes.

— Pouvez-vous me donner leur numéro, si jamais je suis obligé d'annuler ?

Et voilà. Le lendemain, par manque de confiance envers la grosse madame, j'étais en face du leader du quartet, dans son salon, à écouter un démo, à regarder des photos, à lire un CV. C'était parfait. Madame Germain, vous êtes le meilleur gâteau au chocolat du monde, avec des milliers d'étages et du glaçage entre chaque.

• • •

Dans le parc, en face de la statue, ils nous attendent, c'est ça le plan. Quand ils vont nous voir, ils vont commencer à jouer, tranquillement, quelque chose de beau, des violons, du violoncelle. On va les écouter un bout de temps, et je vais me mettre à genoux, et je vais sortir la bague de ma poche, et je vais demander à Julie « veux-tu m'épouser ? », et si elle dit non, je vais rajouter un « *come on* ».

•••

La bague.

Moi j'aime pas ça les bijoux. Je trouve pas ça beau. Je comprends la symbolique, surtout dans ce cas-ci, mais j'aime pas ça. Ni pour moi ni pour les autres, et encore moins quand c'est moi qui dois en acheter pour d'autres. Et quand le symbole est grand, quand c'est une bague de fiançailles, c'est encore pire. Parce qu'il faut que ce soit un beau bijou, objectivement beau, parce que tout le monde va vouloir voir, j'imagine, et le monde aimerait donc pouvoir dire « elle est tellement belle, ta bague ». Et Julie voudra sûrement entendre « y'a tellement bon goût, ton chum », juste pour répondre « c'est pas mon chum, c'est mon fiancé, et oui, il a bon goût ».

Crisse de bague, c'est quoi une belle bague ? Pour moi, c'est tout pareil, sauf que des fois, c'est juste trop. Alors je vais chercher dans la catégorie « moins ». Une petite bague subtile, pas pour être *cheap*, juste pour être discret, *low profile* comme toujours, en faites-vous des invisibles, m'sieur Birks ?

Et évidemment, *fuck*, moi qui ne veux rien dire à personne, ça fait pas grand-monde pour m'aider à choisir. Je vais devoir me fier à mon instinct, ça va mal. Mon instinct est plutôt croche. En général, quand je donne un objet pour la beauté de l'objet, le « merci y'est donc ben beau » est vite remplacé par un « t'aurais pas dû, non sérieux, t'aurais pas dû ». Je n'ai pas l'instinct du tueur. Plutôt l'instinct du tué.

• • •

Je ne suis pas pauvre, et j'aime Julie, mais je ne suis pas riche non plus, et il y a encore pas trop longtemps, je me demandais si je l'aimais vraiment. Alors 1 000 $, dans ce coin-là, pour la bague, ça devrait faire l'affaire. Non ? Si elle a l'air belle à mes yeux... La bague, pas Julie. Et Julie aussi, tiens.

Je ne sais pas.

J'ai fait des petites recherches avant d'aller sur place, pour savoir à quoi m'attendre. Dans la catégorie *cheap*, pas trop flashant, chez Birks, de l'or blanc et un ti-diamant, pour 975 $, ça me semble pas pire pantoute. Et sur le site, ça dit « À la fois symbole d'amour vécu au grand jour et affirmation d'une élégance rafinée, ils brillent d'un éclat éloquent ». Alors là.

Raffinée avec un *f* en moins, et « ils », je ne sais pas c'est qui. Mais quand même, l'affirmation d'une élégance raffinée, c'est en plein moi, ça. Et l'amour vécu au grand jour. C'est pas n'importe quoi, je me vois là-dedans.

L'éclat éloquent, par contre, je m'en crisse un peu. Quand même, faut pas trop en mettre.

•••

Quand je suis entré chez Birks, je me suis senti tout à fait à côté de ma place. À côté loin, des kilomètres par milliers. Un univers de bijoux, de choses qui reluisent, des pierres brillantes, des prix avec plein de chiffres. Un instant, j'ai eu mal à la carte de crédit, et puis j'ai regardé la photo de Julie dans mon porte-monnaie, et ça m'a calmé.

Un monsieur est venu me voir. Gentil monsieur, propre, peigné, il sentait bon. Le sourire en filigrane, tout est dans l'approche douce, les dents blanches. Il faisait plutôt rafiné, avec juste un *f*.

Soudainement, je me suis senti pas mal moins rafiné, moi, pas mal plus ti-cul. C'est niaiseux, mais c'est un peu soufrant. Entrer le torse bombé, plein de fierté et de confiance, et, en quelques secondes, se faire *upstager* par un vendeur de bijoux, débomber le torse, se sentir afaibli, intimidé.

J'étais intimidé par l'éclat éloquent du vendeur.

— Bonjour, monsieur, qu'il m'a dit d'une voix ni grave ni rien.

Monsieur, c'est moi, ça. Ti-cul monsieur.

— Bonjour. Je cherche une bague de fiançailles.

— C'est pour vous fiancer?

— Euh... Oui. Ben, pas moi tout seul, là. Avec ma blonde.

— Bien sûr.

— Vous connaissez la taille de son doigt ?

— Oui oui.

C'était vrai. Na. Je m'étais préparé. La veille, j'avais saoulé Julie complètement, et quand elle est tombée dans les pommes, j'ai mesuré la circonférence de son doigt, avec une tite-corde. Et là, j'avais apporté la tite-corde avec moi. Je l'ai montrée au monsieur rafiné, je me trouvais eficace.

— C'est parfait. Je vais vous montrer nos modèles.

Normalement, avoir été intelligent, c'est là que je l'aurais arrêté, en lui disant que je savais déjà ce que je voulais. Mais le torse débombé, ça parle moins fort. J'ai ouvert la bouche, et aucun son n'est sorti. Je l'ai suivi au comptoir des bagues de fiançailles, avec tout l'éblouissement de la lumière qui gicle dans mes yeux après avoir ricoché sur les diamants, et un peu sur les prix aussi. Ça éblouit, des milliers de dollars de petites roches.

Le vendeur n'a rien dit de mal, n'a pas joué au vendeur, n'a pas essayé de me convaincre de quoi que ce soit. Il m'a juste montré mes options. Et c'est moi qui ai été cave tout seul, comme un grand. Parce que j'étais intimidé, parce que je me sentais petit, je n'ai pas voulu avoir l'air *cheap*. J'ai voulu montrer que j'étais plus que mon moi. Comme un enfant qui se tient sur le bout des orteils à La Ronde pour entrer dans le Monstre, comme un étudiant en finances qui s'achète des habits Armani avec l'argent de ses prêts et bourses.

J'étais sur le bout des pieds, avec ma *Visa* bien tendue, je suis sorti de là avec une bague de 2 500 $. Elle est mieux de la trouver belle. Moi, j'ai aucune idée, mais elle est mieux de la trouver belle.

Sinon je me suis fait ffourrer.

• • •

Et la question.

J'ai pratiqué devant le miroir. Mille fois, au moins, à me pencher, à mettre un genou par terre sans perdre l'équilibre. À regarder en haut, sans baisser le regard. Tout ça en sortant la bague de ma poche, en tremblant.

Avec la plus grande intensité, sans rire bien sûr, sans sourire vraiment, peut-être un sourire d'intensité, un sourire de je t'aime. Je suis tombé une couple de fois, sur le côté deux ou trois fois, par en avant la plupart du temps, je me retenais sur le miroir.

Et j'ai essayé de poser la question. Pour un gars de mots comme moi, c'est un problème. Je parle comme je parle. Alors « veux-tu m'épouser », c'est un peu froid. Un peu impersonnel, un peu pas moi.

J'ai tout essayé, devant mon miroir.

Julie, veux-tu m'épouser ?

Julie, veux-tu m'accorder ta main ?

Julie, on se marie-tu ?

Julie, je te demande en mariage.

Julie, est-ce que je peux te demander en mariage ?

Julie, aimes-tu cette bague ?

Julie, m'épouseras-tu ?

Julie, marie-moi.

Julie, acceptes-tu de m'épouser ?

Julie, veux-tu être mon épouse ?

Julie, toi vouloir être ma femme ?

Julie, *will you marry me* ?

Julie, estie que j'aimerais ça qu'on se marie.

Julie, dis-moi oui.

Julie, c'est quoi la question que tu veux que je te pose ?

Sérieusement, j'ai passé une journée complète devant le miroir, réflexion d'un gars un peu perdu, les mots, c'est mon monde, les paroles, c'est le vôtre, peut-être.

À la fin de la journée, un peu saoul (je prenais des pauses bière entre chaque question), un peu racké à force de me mettre à genoux et de me relever, j'ai décidé que j'étais épais. Que si je l'aimais tant, ma petite Julie, les mots viendraient d'eux-mêmes, couleraient sur ma langue. Une question sans questionnement, naturelle, parce que tout est toujours naturel avec Ju, tout l'a toujours été.

La première fois qu'on s'est embrassés, c'est comme si ce n'était pas la première fois. La première fois qu'on a baisé, pareil. Qu'on s'est engueulés, aussi. Tout naturel, comme si elle était la femme de ma vie. Je n'y avais jamais pensé comme ça, mais oui, il faut que ce soit un signe, tout naturel comme si c'était prévu d'avance, comme si c'était inévitable, comme si la vie nous devançait.

Quand Julie est revenue à la maison, ce soir-là, elle n'était pas trop de bonne humeur.

— T'es saoul, Matthieu.

— Juste un peu.

— Tu bois pendant le jour, maintenant ?

— Pas tout le temps.

— Pis qu'est-ce que tu t'es fait au genou ? Y'est tout rouge.

— Me suis cogné.

— T'sais que j'aime pas ça quand t'es saoul.

— Je m'excuse.

Et plus tard, le même soir.

— Coudon, qu'est-ce que t'as fait au miroir ? Y'est plein de taches de doigts.

— Je sais pas, j'y ai pas touché.

— Dis-moi pas que tu t'es crossé en te regardant.

— Ben non.

— Tu me le jures ?

— De toute façon, j'suis trop saoul pour bander.

— Tu m'énerves.

— Je m'excuse.

Tout est naturel, tout l'a toujours été. Les conversations, les tensions, les mensonges, les beaux mensonges pour lui faire plaisir.

— T'es belle.

— T'es saoul.

— Mais toi t'es belle.

J'avais mal au genou. C'est vrai qu'il était rouge.

•••

Je tenais Julie par la main. On marchait doucement, je ralentissais de pas en pas, comme pour glisser le plus lentement possible, pour arrêter complètement, immobiliser nos poids, et la peur. Sa main serrait la mienne plus fort que d'habitude, le froid ou l'incertitude, les ombres peut-être. D'où on était, je ne voyais que le haut de la statue, la tête d'un vieux connu, personnage historique dont personne ne se souvient, grosse tête. Je n'osais pas trop regarder, j'avais peur que le *band* n'y soit pas, on ne sait jamais, un contrat plus payant, ça doit exister.

Julie regardait aussi vers la statue, pas trop enthousiaste, la main plutôt moite.

— C'est qui, tu penses, la statue ?

— Je sais pas.

Un grand vide, soudain, nous avait enveloppés. Une bulle de vide, une ombre qui couvre, qui cache. On se traînait les pieds comme des enfants à des funérailles. Repliés, ça nous rentrait dedans comme une souffleuse dans un banc de neige, fort et longtemps.

Les deux ensemble, de l'extérieur, on marche vers notre mort. Ce n'est plus de la douceur, c'est un poids, ce n'est plus de l'apesanteur, c'est un *gun* sur nos tempes. Et voici les *bullets* :

• • •

Deux pour moi, un pour elle.

• • •

L'intérieur du corps qui se crispe, quand la balle entre dans le cerveau, et puis plus rien, le mou, le vide, un rêve qui s'estompe, ça sent la fumée.

Dix mètres plus loin, on a vu la statue au complet, et les gens devant. Les gens.

Je n'avais pas prévu ça, bien sûr. Pas prévu que quatre gars habillés en tuxedo, avec des violons, ça attire les foules. Devant eux, devant la statue, une quinzaine de curieux attendaient, sans savoir ce qu'ils attendaient, attendaient un spectacle, sans savoir que c'était le mien. J'étais terrorisé. Sur le coup, j'ai voulu faire demi-tour. Un réflexe niaiseux, demi-tour, j'ai tiré la main de Julie un peu fort.

— Qu'est-ce que tu fais ? Tu veux pas y aller, finalement ?

— Ben là, y'a plein de monde.

— C'est pas grave, on va aller voir ce que c'est.

— Oui, t'as raison. On va aller voir ce que c'est.

Julie avait l'air un peu amusée, comme si la foule l'avait rassurée. L'idée que personne ne la kidnapperait devant plein de monde, ou quelque chose comme ça, l'idée qu'elle était en sécurité avec plusieurs inconnus, plus en sécurité qu'avec moi, le connu tout seul.

Elle a accéléré un peu, j'ai essayé de la ralentir.

• • •

Qu'est-ce que je fais ? Sérieux, qu'est-ce que je fais ? J'ai peur des foules, peur des gens. Quand j'étais petit, je me pitchais dans les bras de mon papa quand le monde devenait trop pressant, quand les gens étaient trop près de moi, trop nombreux. Papa, t'es où ?

Une quinzaine de personnes, quinzaine de témoins, amusés au futur, ils vont rire, soit parce que c'est *cute*, j'espère, soit parce que j'ai l'air fou, je n'espère pas.

J'ai peur. Soirée de rêve cauchemar. *Abort. Abort.* Le fond de ma tête me crie en anglais. Au plus creux de moi, la conviction que je devrais m'enfuir en courant, ne jamais me retourner, oublier tout ça, oublier Julie, disparaître. Courir vers la fontaine, m'y noyer. La conviction que ce n'est pas pour moi, pas pour moi du tout, cette histoire d'amour, cette histoire de demande en mariage et de bague. Cette histoire de vie éternelle avec Julie, ce n'est pas pour moi.

Vous ne pouvez pas comprendre, je sais. Le pouvoir d'une foule sur mon corps. Quinze personnes, pour moi, c'est une foule. Je sais que ce n'est rien, rationnellement je le sais, mais la peur, ça n'a rien de rationnel. Je deviens malade, mal de cœur, l'œsophage en nœuds.

— Qu'est-ce que t'as, Matthieu ?

— Je sais pas.

— C'est le monde ?

— Oui, je pense que oui.

— Aimes-tu mieux qu'on s'en aille ?

— Non non, ça va passer.

Il faut que ça passe. Rendu si loin dans la soirée, il faut que ça passe. J'ai respiré du mieux que j'ai pu, l'air frais d'un soir de printemps, l'air frais d'un parc, le parc de ma vie, le moment de ma vie, ne pas l'oublier, il ne faut pas l'oublier. Je commençais à me ressaisir, à laisser couler l'air dans mes poumons, à trembler moins, encore trop mais moins, je commençais à revivre, et le quartet s'est mis à jouer, et les gens se sont déplacés un peu, imperceptiblement, comme pour nous laisser la voie libre, la vue libre.

• • •

La musique.

La musique comme une thérapie, comme une maison de soie, chaude et douce et merveilleusement enveloppante. Quand les notes, les premières, glissent jusqu'à moi, peu importe la musique, peu importe l'air, ça me rassure, tout le temps, toute ma vie. La paix envahissante qui caresse ma peau de l'intérieur. La musique comme un berceau, comme la voix d'un parent qui endort son enfant.

Quand je vais mal, quand je suis triste ou jaloux ou détruit, quand j'ai besoin de me retrouver, quand j'ai des milliers de questions et aucune réponse, je vais faire un tour d'auto. Pour conduire, un peu, mais surtout pour écouter de la musique, le plus fort possible, comme un électrochoc, comme une décharge dans ma tête, et je me réveille, et tout s'éclaircit, et tout renaît.

•••

Quand le quartet a commencé à jouer, devant la statue, à la lueur des lampadaires, tout a ralenti. Jusqu'à s'arrêter, quelques secondes ou quelques heures, une pause dans l'univers, une note par heure, la paix comme une bombe atomique qui explose en un souffle incontrôlable. Le brouillard de rêve, le tremblement, la peur, l'insécurité, la gêne, tout ça a disparu, en deux ou trois notes, en une fraction de sablier, le temps qui s'arrête, moi qui me mets à vivre, vivre pour de bon, apprécier mon mètre cube, aimer mon mètre cube, y vivre comme si j'y étais seul avec Julie, comme si autour, il y avait le vide.

J'ai compris ce qu'il fallait faire. Faire abstraction de la foule, faire abstraction de tout. Vivre le moment. Vivre chaque fraction du moment pour m'en souvenir. Voir les choses passer au ralenti, voir les paroles flotter, immobiles ou presque, et s'infiltrer sous les yeux de ma douce, ma douce moitié à moi, ma Julie-Éternité.

Me souvenir de chaque seconde de ce moment.

Ce soir de printemps, dans ce parc, devant la statue, il n'y a que Julie et moi, et la musique, moment parfait, soirée parfaite. J'ai fermé les yeux, j'ai serré Julie dans mes bras.

— Je t'aime, Julie.

— Moi aussi je t'aime, Matthieu.

Et c'était là. Il fallait le faire, poser le genou sur le sol et lancer la question le plus haut possible, vers le ciel plein d'étoiles.

• • •

En une lueur d'étoile, j'ai eu le temps de comprendre que c'était ça. La soirée que j'avais imaginée, le rêve que j'avais préparé, c'était ça. J'étais rendu au bout, peu importe le reste, peu importe le passé, j'étais rendu à la fin. Au geste. C'était ça, et ce serait ça à tout jamais, l'histoire à raconter à nos enfants, l'histoire à vous raconter.

Le retard à l'aéroport, le resto ordinaire, la peur de Julie, les pensées de son ex, l'incompréhension, les roses, les ombres, la panique, le stress.

Rien de magique, rien de magique du tout, mais c'était ça. Ma soirée, la soirée de Julie.

Et j'ai compris que c'était parfait. Que peu importe ce qui s'était passé, c'était notre soirée à nous, notre univers unique, notre moment au paradis, parce qu'au bout du compte, ce qui compte, c'est nous deux. Un moment à imprimer dans l'éternité, une douceur à partager, l'amour dans un regard, dans un sourire, le plus d'amour que j'ai à donner, en une seconde.

Notre soirée magique en une seconde, le plus beau rêve en une seconde. On y était.

J'ai commencé à me pencher. Julie a voulu me retenir. Elle a pensé que je tombais dans les pommes. J'ai dû me défaire de son emprise, un petit geste brusque, elle m'a regardé avec un air bête. Une fraction d'air, juste pour la cohérence de la soirée, j'imagine. Et l'air bête a disparu quand elle a vu mon genou toucher le sol, et mon regard intense, mon sourire intense, si ça existe.

Elle est devenue blanche, comme l'or de la bague, elle a ri nerveusement, a regardé autour.

Puis elle a oublié qu'il y avait des gens autour, de la musique, un *band*, un vent frais, un parc, une ville, un univers autour, et elle a plongé dans mes yeux comme jamais auparavant. Elle a plongé sans le moindre doute, sans protection, elle a plongé. Son regard disait oui, avant même que j'ouvre la bouche, son regard me disait que j'avais raison. Que la soirée avait été parfaite. Que le paradis existait bien avant de mourir.

Son regard me disait qu'il y avait quelque chose de bien, dans le monde, dans mon mètre cube, quelque chose de bien. Parce qu'il faut bien qu'il y ait quelque chose de bien.

— Julie, est-ce que tu veux m'épouser ?

Cet ouvrage a été composé en Times corps 12/14
et achevé d'imprimer au Canada en mars 2005
sur les presses de Quebecor World Lebonfon, Val-d'Or.